이제 시작해도 괜찮아

내 속의 나를 깨우는 참 좋은 질문들

이제 시작해도 괜찮아

정회일 지음

차이
정원

추천의 글

MZ세대 여러분은 어떤 여정을 준비하세요? 모두가 힘든 상황이지만 꿈에 광적으로 집중할 때, 여러분의 위기와 위험은 도약을 위한 자산이 될 것입니다. 이 책은 꿈을 향한 열정을 깨우고 용기를 줍니다. 책과 함께 여러분이 배우고, 발견하고, 자유로워지시길 바랍니다. 정회일 대표처럼요!

– 정용진 (신세계 부회장)

정회일 대표는 죽을 고비를 10번이나 극복했습니다. 더구나 그 힘든 순간에도 포기하지 않고 우리에게 희망과 꿈을 줄 수 있는 책을 쓰셨습니다. 그 모습이 정말 대단하고, 정회일 대표처럼 독자분들도 힘차게 도전하시길 바랍니다.

– 강윤선 (준오헤어 대표)

Be satisfied being unsatisfied!

– 장동훈 (메디컬오 대표)

상상하지 못하는 꿈을 말하는 청년의 때를 살아가길 응원합니다.

– 수퍼맨 (목사)

정회일 원장님의 겸손하고 간결한 메시지가 긴 울림을 줍니다. 오랜 시간의 독서와 삶의 경험에서 오는 통찰이 곳곳에 스며든 글입니다. 독자 여러분께 희망과 에너지가 되기를 기원합니다.

– 김성오(메가스터디 부회장)

정회일 대표님을 뵈었을 때, 정말 심각한 상태여서 마음이 아팠습니다. 건강이 회복된 것에 깊이 감사하고, 시작은 늦었지만 멋진 성공을 일구어낸 그의 도전을 응원합니다. – 김해영(전문의)

성공을 꿈꾸지 말고 꿈꾼 것을 성공시키세요.

– 오종철(안목고수, 파라스타 대표, 방송인)

저는 19세 때까지 말을 더듬거려서 남 앞에서 책을 읽어본 적이 없었어요. 세상에 대한 원망으로 살았습니다. 하지만 이제는 만방에 1만 개의 학교를 지으려 하고, 어려운 사람들이 꿈을 이룰 수 있도록 돕고 있어요. 당신도 할 수 있습니다! Impossible dreams come true.

– 임채종(드림스드림 대표)

차례

고난을 극복하면 꽃으로 피어납니다

저는 죽을 고비를 10번 넘겼습니다. 시작은 아토피였어요. 흔히 아토피라고 하면, 피부가 심하게 가렵고 건조한 계절에는 누구나 조금씩 생기는 병 아니냐고 이야기합니다. 맞아요. 하지만 경증과 중증은 큰 차이가 있습니다. 중학생 때는 경증 아토피였지만 이것이 나아지지 않으면서 죽을 고비를 여러 번 넘겨야 하는 상황에 이르렀습니다.

이렇게 심각해진 이유는 다름 아닌 처방 때문이었어요. 동네 피부과에서 처방해준 스테로이드를 장기 사용한 것이 문제였습니다. 이 약물로 인해 제 몸은 스테로이드 중독은 물론, 중증 아토피 상황에 빠지게 되었지요. 스테로이드는 바르는 약, 먹는 약, 주사제의 순서로 효과가 강력한데 그만큼 부작용도 심합니다. 특히나 스테로이드를 장기적으로 사용하면 신장에 심각한 타격을 주게 되고, 다른 한편으로는 쇼크사도 일으킬 수 있거든요. 그래서 절대로 스테로이드는 장기적으로 사용하면 안 됩니다. (세브란스 박창욱 피부과 교수는 '성인 중증 아토피는 말기 암환자보다 자살 생각을 많이 할 정도로 심각한 질병이다'라고 말했습니다.) 하지만 저를 담당하던 의사는 이에 대한 경고를 하지 않았습니다.

끔찍한 고통이 시작되었습니다

이 사실을 알게 된 후, 저는 스테로이드를 끊기로 결심했습니다. 하지만 신장이 이미 약화된 상태에서 갑자기 스테로이드를 끊으면 '리바운드 현상'이 발생한다고 해요. 리바운드 현상이란, 약물을 급격히 감량·중지하면 약물로 조절되던 병이 이전보다 악화되는 현상을 뜻합니다. 저의 경우 외부에서 주입되던 스테로이드가 차단되니, 억지로 눌러두었던 아토피 증세가 폭발한 것이죠. 단숨에 초중증 아토피 상태로 들어갔습니다. 온몸에서 피와 열이 뿜어져나왔죠. 하루에 20번도 넘게 옷을 갈아입어야 했어요. 출혈이 심했고, 심장도 불규칙하게 뛰다 멈추기를 반복했습니다. 의식을 잃은 적도 많았습니다. 에너지 소비는 심한데 입과 턱이 찢어져서 음식 섭취가 어려웠어요. 안 그래도 출혈이 엄청난 가운데 남은 혈액이 그래도 몸을 살리겠다고 어디엔가 쓰여서인지, 내장에 혈액이 부족했던 모양입니다. 억지로라도 무언가 집어넣으면 내장이 빨래를 쥐어짜듯 몸부림쳤어요. 허기가 이어졌지만 내장이 꼬이는 느낌이라 무엇도 먹을 수 없었습니다.

몸의 겉부터 속까지, 발끝부터 머리끝까지 성한 곳이 없었어요. 하루에 얼마나 많은 곳이 아픈가를 세어보는 일이 나름의 취미였을 정도입니다. 무엇인가에 신경을 써야 그나마 고통을 덜 느껴서 찾은 방편이었죠. (그렇다고 행복했던 이전의 기억들이나 앞으로의 희망 따위를 생각할 여유는 없었습니다. 그 정도 에너지는 없었거든요. 정말로 살려고 쥐어짜낸 에너지로 지금 어디가 아픈지 세어본 것이었는데, 독자분들에게 그 마음이 제대로 전달될지 모르겠습니다. 여하튼 그 '취미'는 한편으론 몸의 어디가 문제인지 확인하는 작업이기도 했습니다.)

아픈 곳은 평균 20군데가 넘었던 것 같아요. 온몸이 찢어져서 나오는 출혈의 고통은 그래도 참을 수 있었습니다. 그러나 도저히 참을 수 없었던 것은 잠이었어요. 30분 이상 잠들 수가 없었습니다. 이런 기간이 2주가 넘어가니 정신이 이상해졌습니다. 멀쩡한 사람도 잠을 2주간 안 자면 어떻게 될까요? 잠을 재우지 않는 고문도 있지 않나요? 그런데 밤새 온몸을 수천 개의 바늘과 칼로 긁어대는 고통을 겪어야 한다면, 여러분은 며칠을, 아니 몇 시간을, 아니 몇 분을 버틸 수 있으시겠어요?

제 육체의 에너지는 이미 고갈된 상태였습니다. 결국 정신적 에너지도 소진되었죠. 저는 어머니께 말하고 말았습니다. '엄마, 미안해. 나 이제 그만 죽을래'라고요. 그리고 마음을 비웠습니다.

버텨보기로 했습니다

그 상황에서 죽음의 고비를 이겨낸 다른 이들의 이야기를 접하게 됐습니다. 막상 어린 나이에 죽으려니 못 해본 것이 많아 억울한 마음이 들더군요. 버텨보기로 했습니다. 그렇게 마음먹자 어렵게, 천천히 회복할 수 있었습니다. 그리고 수년 만에 사회생활을 시작했습니다. (수년간의 첫 번째 고난기에 대해선 전작《읽어야 산다》에 상세히 설명했기에 이 책에선 한 줄로만 적었습니다.) 물론 쉽지 않았습니다. 오랜 공백기가 있었고, 저는 스펙도 돈도 건강도 자신감도 없었어요. 아니, 오히려 마이너스 상태의 백수 청년이었죠.

빠르게 성장하고 싶어서 성공한 사람들을 따라다니며 배웠습니다. 정말 간절하게 배우고 행했습니다. '부(富)'를 알려주겠다는 이들을 찾아가거나, 성공해서 세상에 알려진 이들에게 연락하고 만나러 갔어요. 그중엔 사기꾼도 많았던 것이 사실입니다. 어렵게 찾아갔는데 자기 자랑만 한참 하고 나서 '돈 좀 빌려달라'라고 하는 이도 있었죠.

하지만 좋은 마인드로 도움되는 조언을 해준 이들도 있었습니다. 한 분은 영어과외를 하다 알게 된 모 중견기업 차장님이었습니다. 성공한 이를 만나고 싶어서 부유해 보이는 집들 근처에 전단지를 붙였다가 만나게 되었죠. 그분은 지금 저의 관점(책도 여러 권 내고, 사업 모델 여러 개를 운영하는 대표의 입장)에서 보면 브랜딩이 되어 있지 않은, 단지 이른 나이에 승진을 여러 번 한, 잘나가는 많은 직장인 중 한 명이었어요. 하지만 당시 저는 사실상 백수였죠. 그래서 30대 초반에 중견기업 차장님이 된 그분에게 배울 것이 참 많았습니다. 보통 성인들은 책을 잘 읽지 않는데, 그분은 일반 독서도 아닌 인문학 독서를 치열하게 하고 있었어요. 대부분의 사람들은 '미래 계획' 같은 주제의 대화를 잘 나누지 않는데, 그분은 항상 미래에 대한 이야기를 했습니다.

우연히 만나게 된 이지성 작가님도 제 삶을 크게 긍정적 방향으로 바꿔주었습니다. 처음 알게 되었을 당시 작가님은 현재처럼 메가 베스트셀러 저자는 아니었지만, 그래도 많은 대학생들이 배움을 요청하러 찾아가는 분이었어요. 하지만 수천 명이 넘는 이들이 그의 조언을 듣기만 하고 행동에 옮기지 않았고, 저는 그의 조언을 실행으로 옮기고 결과로 만들어냈습니다.

저는 많은 책과 많은 사람들을 만났습니다. 책과 사람을 만나는 것에 그치지 않고 배우고 실천하려고 했습니다. 집에 빚이 수억 있었지만 제 수입의 10~20%를 기부했고, 이지성 작가님이 요청하신 1년 365권 독서도 성공했습니다. 이러한 삶을 실천하다보니 남들보다는 느리게 출발했지만, 성과는 이른 나이에 거둘 수 있었습니다. 억대 강사가 된 이후에 드디어 강남에 영어학원을 차릴 수 있었습니다. 늘 독서만 하려는 저에게 이 작가님은 '사람을 더 만나야 한다'며 자꾸 여기저기 불러내셨고, 그렇게 여러 사람들을 만나다보니 첫 책도 일찍 출간할 수 있었습니다.

생지옥의 2라운드

첫 책이 대형 베스트셀러가 되고 꽤 유명해졌습니다. 제게 배우겠다며 전국에서 사람들이 찾아오고, 길을 걸으면 사인해달라고 청하는 이들도 있었습니다. 저도 제 사업에 신경쓰며 바쁘게 지냈죠. 하지만 사회에 복귀했다고는 해도 온전히 건강한 상태는 아니었습니다. 일반인의 70퍼센트 정도의 체력이었을 거예요. 한 의사분에게 등산을 권유받아 바로 시도했습니다. 그런데 이것이 무리가 되었는지 대상포진이 왔습니다. 이름도 처음 들어보는 이 질환은 출산보다 통증 지수가 높다고 합니다. 안 그래도 중증 아토피를 오래 앓았는데 이제 또 대상포진이라니.

다시 온몸의 피부가 찢어지고 피가 쏟아졌습니다. 게다가 대상포진이 발병한 허리와 등 쪽 신경을 따라 하루에도 몇 번씩 번개를 맞는 통증이 더해졌습니다. (아직 감사하게도 번개를 맞아본 적은 없습니다. 그때는 '차라리 번개를 맞는다면 감사하게도 단번에 죽을 텐데. 젠장'이라고 생각하기도 했습니다.) 제 이성으로 통제할 수 없는, 사람의 목소리가 아닌 괴성이 수시로 튀어나왔습니다. 정말 다시는 경험하기 싫은 생지옥의 2라운드였습니다.

그런데 또 다른 친구가 왔습니다. 어느 날, 종아리 아래가 희한한 모양으로 찢어지고 허옇게 변했어요. 생명체의 모습이 아니었죠. 당시에 눈도 잘 뜨지 못하고 말도 잘 못했습니다. 부모님은 일어설 수도 없는 저를 휠체어에 태워 20곳이 넘는 병원에 데려 갔습니다. 하지만 모든 의사가 잠깐 보더니 단숨에 고개를 저었습니다. 무슨 증세인지도 모르겠고, 자기는 치료할 수 없다고 했습니다. 찾아간 병원마다 의사들이 거절하며 다른 병원에 가라고 하니 절망이 온몸을 휘감았습니다.

그렇게 지치도록 병원을 찾아다니기만 하다가 다행히 고마운 의사를 만났습니다. 그분은 제 병이 '봉와직염'이라고 했습니다. 원래 이렇게까지 아픈 병은 아닌데 제가 워낙 여러 증세가 있어서 심하게 터진 것이라고 했죠. '아마도 다른 의사분들은 치료비가 많이 나올 상태도 아니면서, 괜히 잘못 손댔다간 죽을 것 같으니 거절한 모양'이라는 말도 덧붙였습니다. 듣고 보니 충분히 이해가 됐고 화도 누그러졌습니다. 제가 의사였어도 저 같은 환자가 왔다면 거절했을 겁니다.

좋은 의사를 만난 덕에 서서히 회복하기 시작했습니다. 하지만 여전히 새로운 친구들이 많이 기다리고 있었습니다. 독감주사를 맞고 또 죽을 뻔했습니다. 구충제가 특효라기에 먹었다가 또 죽을 뻔했습니다. 중증 아토피에 더해 다른 고통들이 연이어 발생하니 너무 힘들었어요. 건강하려고 노력하는데, 노력의 적정선을 맞추기가 너무 어려웠습니다. (다시, 또) 겨우 조금 회복했을 때 이지성 작가님이 미팅을 하자며 먼 곳으로 불렀습니다. (아무리 설명해도 사람들은 제 몸 상태를 잘 이해하지 못했습니다.) 미팅에 다녀오고 나서 다시 죽음의 위기가 왔습니다. 또, 또, 또다시 온몸에 고열이 나고 피가 흘렀습니다. 말을 할 수 없었어요. 너무 여러 번 겪은 고통에 지치고 절망해서 '하나님, 이제 절 데려가세요. 죽고 싶어요'라고 기도했습니다.

그때 이지성 작가님이 SNS를 통해 사람들에게 도움을 요청했습니다. 그러자 전 세계에서 건강에 좋다는 정보와 약들이 보내졌습니다. 침대에서 일어나지도 못하는 저를 위해 얼굴도 본 적 없던 김해영 전문의는 왕진을 와주셨고, 장관급 대우라며 수천만원 상당의 귀한 약을 보내준 분도 있었습니다. 얼굴 한 번 본 적 없는 저를 위해 기도를 해준다며 많은 이들이 찾아왔습니다. 그렇게 저는 다시, 또 살아나기 시작했습니다. 10년간 죽을 고비를 10번 넘게 극복했습니다.

고난을 극복하면 꽃으로 피어납니다

첫 번째 고난기에도 정말 힘들었지만, 어느 정도 건강을 회복했다가 다시 지옥을 경험한 것은 정신적으로도 충격이 컸습니다. 중증 아토피 증세뿐 아니라 다른 여러 증세가 더해지니 정말 힘들었습니다. 여하튼 그 지옥처럼 처절한 고통을 겪으면서 저는 생각했습니다.

'고난을 극복하면 꽃으로 피어난다'라고요.

지옥 같은 고난의 기간을 버티며 저는 무엇을 했을까요? 크게 2가지를 했습니다. 스타트업 창업과 이 책이지요. 도중에 기운이 조금이라도 날 때마다 온라인을 활용하여 창업을 하고 사업을 키워나갔습니다. 어찌 보면 말도 안 되는 일인 것은 맞습니다. 중환자의 스타트업 창업이라니 말이에요. 이것이 가능했던 이유는 이전에 공부해둔 것들이 있었기 때문입니다. 또 '우리는 환경을 선택할 수 없다. 다만 주어진 환경에서 무엇을 선택할지는 선택할 수 있다'라는 생각도 힘이 되었습니다. 저는 다짐했습니다.

'어차피 다시 침대 밖에도 나가기 힘든 상황이 됐는데, 이 신세를 한탄하고만 있다고 무슨 득이 되겠는가? 살아 있다면 뭐라도 해야 하지 않겠는가?'

기존에 써둔 책도 있었고, 이미 운영 중이던 온라인 카페를 활용하기로 했습니다. 그것을 통해 온라인 교육을 시작했어요. 두 번째 형태의 창업이었던 셈이죠. 이렇게 수익을 만들어 몇 년 사이 기부도 많이 하고 부동산도 2개 매입했습니다. 당시 제 생각들을, 제가 깨우친 것들을 한번 정리해볼게요.

1. 우리는 환경을 선택할 수 없다.
2. 마음에 들든 들지 않든, 현재의 나는 과거의 내가 선택해온 것들의 결과이다.
3. 주어진 환경에서 어떤 행동을 선택할지는 우리의 자유이다.
4. 고통이 왔을 때 불평할지, 아무것도 안 할지, 반성하고 나를 돌아볼지는 자유의지에 달려 있다. 어떤 선택을 하느냐에 따라 미래가 다르게 만들어진다.
5. 빠르게 성장하려면, 빠르게 성장한 이를 찾아 그들의 방법대로 행해야 한다.

육체적 고통이 너무 심해서, 자살예방센터에도 여러 번 전화했던 저입니다. '제가 지금 죽으려는 건 아니에요. 살고 싶어 방법을 찾고 있는데, 어느 병원에서도 손을 못 쓰고 있어요. 저 역시 병원에 가기도 싫고요. 말하기도 힘들어 누워 있습니다. 어쩌면 좋을까요?'라고 물었지만 '죄송해요. 우리가 도와줄 방법이 없네요'라는 답을 들어 절망했던 저입니다. 하지만 앞의 생각들 덕분에 다시 회복하고, 빠르게 성장할 수 있었습니다.

반대로 생각해보면

1. 환경을 선택하길 원하고, 이런 생각들에만 에너지를 쓴다. ('나
   도 돈 많은 부모가 있었으면 좋겠다. 저 사람으로 태어났으면 좋았을 텐데…')
2. 현재의 나에 대해 책임지기를 거부한다. ('나도 열심히 했는데!
   내가 왜? 내가 뭘 잘못했다고?')
3. 주어진 환경에서, 주로 단기적 쾌락을 선택한다. 변명이나 쉬
   운 방법만 찾는다.
4. 고통이 오면 불평을 늘어놓거나, 아니면 그냥 무기력하게 있
   는다.
5. 성장하고 싶다면서 자기보다 나은 이를 찾지 않는다. 혹시 접
   하더라도 그들의 의견을 듣고 행하지 않는다.

이런 행동들을 한다면, 과거를 반복하며 살게 될 뿐입니다. 과거
를 반복한다는 것은 무엇일까요? 고통이 와도 다른 선택을 하지
않고, 계속 잘못된 선택을 하는 것입니다. 저는 세상 누구보다 힘
든 경험을 했습니다. 그래서 남들이 인지하지 못하고 매일 밟아버
리다시피 하는 것들에 감사함을 느낍니다.

대상포진이 찾아온 이후 제가 반드시 지켰던 원칙이 있습니다. 저녁 6시 이후엔 온전한 휴식을 취했습니다. 어려운 일은 절대 신경쓰지 않고, 편안히 음악을 듣거나 산책을 했습니다. (산책을 편하게 할 수 있는 컨디션이 된 것도 얼마 되지 않았습니다.)

수년간 지켰던 원칙을 이 책을 준비하면서 조심스럽게 부수었습니다. 원고 마감일을 맞추기 위해서, 저는 그 길었던 고난의 두려움에 맞서 저녁에 글을 쓰기 시작했습니다. 남들에겐 단순한 불평거리지만 별문제 없는 야근이, 제겐 목숨을 건 전투였습니다.

오늘 아침 살아서 일어나고, 팔다리가 움직이고, 숨쉬고, 심장이 뛰고, 소리가 들리고, 세상을 볼 수 있는 것은 기적입니다.

일상이 기적입니다.

살아 있음이 기적입니다.

그 기적을 누리는 기쁨과 행복을 여러분과 나누고자 이 책을 썼습니다.

1장

무지와 지

진짜 성장을 시작하려면 꼭 알아야 할 것들

소크라테스가 알려준 이것!

"세종대왕을 아세요?"

이런 질문을 던지면 대부분 '그렇다'라고 답하실 겁니다.

그럼 다시 물어볼게요.

"세종의 어렸을 적 이야기 중 가장 인상적인 부분을 말씀해주시 겠어요?"

어떻게 답하시겠어요? 아마 많은 분이 그다지 할 말이 없으실 겁니다. 우리 대부분은 '세종대왕'이라고 하면 '한글' 정도를 떠올 리곤 합니다. 그 외에는 아는 것이 그다지 많지 않죠. 사실 우리는 '세종대왕'이라는 단어를 자주 접했을 뿐입니다. 세종대왕에 대해 정말, 제대로 아는 분은 그리 많지 않을 겁니다.

우리가 안다고 생각하는 많은 것들은, '정말' 아는 것이 아닌 경우가 대부분입니다. 단지 수동적으로 여러 번 들은 적이 있거나 본 적이 있는 것뿐이죠. '이름'을 들은 경험을 '안다'고 착각하는 경우가 많습니다. 보이니까 봤고 들리니까 들었던 것으로는, 진정으로 알 수 없습니다. 설사 '세종대왕 전문가'라고 자부하는 사람이라도 완벽하진 않을 거예요. 책과 영화 등을 통해 접했을 뿐 그분을 '실제로' 만나본 적은 없으니까요.

사실 '안다'는 것으로 끝나기보다 '알아간다'는 것이 맞겠지요. 철학자 소크라테스는 현명하다고 주장하는 이들을 찾아다니며 질문했습니다.

"친구란 무엇인가요?" "정의란 무엇인가요?"

소크라테스는 본인의 생각을 가르치려 하지 않았어요. 다만 '안다'고 주장하는 이들에게 계속 질문을 던지면서, 그들이 '안다'고 생각하는 것들이 실은 아는 것이 아님을 스스로 깨우치도록 유도했지요. 소크라테스는 이렇게 말했습니다.

"내가 아는 단 한 가지 유일한 사실은, 나는 아무것도 모른다는 것이다."

저는 초등학생 때는 공부를 꽤 잘했고, 중학생 때는 집에서 책을 많이 봤습니다. 그렇다고 '배움'에 미쳐 있었던 것은 아니고, 단지 내향적이다보니 혼자 재미난 이야기들을 읽는 일이 좋아서 독서에 빠진 것이었죠. (현재 제가 교육하는 '실용적 독서'가 아닌 '흥미를 위한 독서'를 한 겁니다.)

또한 감사하게도 어머니가 '너는 잘될 거야'라고 항상 말씀해주셨습니다. 덕분에(?) 세상에 잘난 이들이 얼마나 많은지도 모른 채 막연히 '나는 대단하다'라고 생각하곤 했습니다. 그 착각이 수년간 투병생활을 하고, 수년간 극빈층으로 지내면서 무참히 깨지게 된 것이죠. 막상 세상에 나가보려고 하니 저는 무기가 하나도 없었습니다. '초등학생 때 성적이 좋았던 아이들'은 학교마다 있었고, 중학생 때 책을 수십 권 읽은 아이도 많았죠. 그런 스펙으론 사회에서 돈을 벌 수 없었습니다. 제 무지를 깨닫고 인정하고 나니, 남은 것은 배우고 성장할 일밖에 없었습니다. 제가 아는 것이 없단 사실을 받아들이고 나니 질문하기가 수월했습니다.

매번 혼나면서도 꾸준히 질문했고, 배운 것을 바로 실행에 옮겼더니 빠르게 성장했습니다. 이런 부분을 이전 책에 상세히 설명했고, 강의에서도 많이 말했고, 다양한 코칭을 통해서도 알렸습니다. 하지만 이는 가장 사람들이 버거워하고, 피하고 싶어 하는 부분입니다.

"내가 틀렸다고? 당신이 뭔데 함부로 말해?"

거의 이런 반응이 나오죠. '당신이 틀렸다. 당신이 알고 있는 것이 없다'라고 말하는 것이 결코 아닙니다. 당신이 '가지고 있는 생각'이 당신이 '원하는 바'와 맞지 않는 경우가 많다는 이야기일 뿐이죠. 물론 진정 원하는 것이 무엇인지 스스로 모르는 경우가 많지요.

그런데 당신이 '안다'고 생각할수록, 무언가를 정말 알게 되기란 더욱 어려워집니다. 저는 여러 번 읽었던 책(A)을 다시 읽어보다가 '아! 내가 생각이 없었던 것일까?' 깨닫게 되었고, 몇 년 뒤 '이 가설(내가 생각이 없다)'이 맞았다는 사실을 알게 되었습니다. 그때부터 진정한 배움이 시작되었죠. 그래서 소크라테스는 '내가 아는 단 한 가지 유일한 사실은, 나는 아무것도 모른다는 것이다'라고 강조했나봅니다.

A가 무슨 책이냐고 묻는 분들이 많은데, 어떤 책인지가 중요한 것이 아닙니다. 읽다가 불현듯 '내가 생각이 없었던 걸까?'라는 깨우침을 얻었다는 사실이 중요하죠. 저는 이것을 제가 받은 최고의 선물 중 하나라고 생각합니다. 제 무지를 인지한 것 말이죠.

무엇을 알고,

무엇을 모르는지

알고 계신가요?

무지(無知)를 아는(知) 것이

앎(知)의 시작입니다.

'안다' = 생각이 멈추는 순간

'열정을 가져라' '시간은 금이다' '감사하며 살아라' 등의 문장을 접하면 무슨 생각이 드시나요? 혹시 '누가 그걸 몰라? 다 아는 소리야. 실천이 어려운 거지'라고 하진 않으신가요? 하지만 정말 '다 아는 소리'인 게 맞을까요? 한번 생각해보도록 해요.

이 주제들에 대해 '안다'고 말할 수 있으려면 ('알아가고 있다'는 표현이 더 맞겠죠) '열정이란 무엇인지' '열정은 어디에서 오는지' '어떻게 열정을 키울 수 있는지' '시간이란 무엇인지' '시간이 왜 금인지' '시간이 왜 금보다 소중한지' '왜 감사해야 하는지' '산다는 것은 무엇인지' 등에 대해 다른 사람들이 공감하고 납득할 정도로 설명할 수 있어야 합니다.

다른 사람을 이해시키고 설득시킬 만큼 알고 있지 않으면, 정말 안다고 할 수 없습니다. 우리가 안다고 생각하는 수많은 것들이 사실은 아는 것이 아닌 경우가 적지 않습니다.

제 경우엔 시간관리와 관련된 책을 30권 정도 읽고 나니 '아, 시간은 정말 금이구나'라는 사실을 깨닫게 되었습니다. 50권, 100권 이상 읽고 나니 '시간이 금보다 훨씬 더 소중하구나'를 알게 되었고요. 시간에 대한 강의를 몇 시간씩 할 수도 있게 되었죠.

시간에 대한 책을 전혀 읽지 않았던 저와, 관련 책을 100권 이상 읽은 저에게 '시간은 금이다'라는 문장의 의미는 같을 수 없습니다. 당연히 아직도 시간에 대해 모든 것을 알지는 못합니다. 시간에 대해 알아갈수록, 오히려 시간에 대해 모르는 것이 많단 사실을 깨달을 뿐입니다. 배워갈수록 과거의 제가 '안다'고 자신했던 것이 얼마나 잘못된 생각이었는지를 깨우치게 되었습니다.

상대성이론으로 유명한 20세기 최고의 물리학자 아인슈타인에게 제자들이 질문했습니다.

"선생님, 선생님은 최고의 학자신데 왜 여전히 배우시나요?"

아인슈타인은 큰 칠판에 작은 원을 그리며 말했습니다.

"내가 이미 알고 있는 지식이 이 원이라고 하지요. 원이 커지면 원의 둘레도 늘어나지요. 원의 둘레가 접촉하는 미지의 부분이 더 많아진단 것을 알게 됩니다. 결국 전보다 내가 모르는 것이 많다는 것을 알아가고 있을 뿐입니다. 어찌 내가 배움을 멈출 수 있겠습니까?"

세기의 천재 아인슈타인조차 늘 자신의 무지를 인식하며 공부를 게을리하지 않았습니다. 자신이 똑똑하다는 교만과 자만에 빠지기는커녕, 늘 겸손한 자세로 배우고 익혔죠. 아인슈타인이 지금도 칭송받는 천재일 수 있는 이유는, 겸손함을 잃지 않고 공부를 멈추지 않았던 노력에 있지 않을까요?

성장의 시작은,
겸손입니다.

자신이 모르는 것이 많다는 사실을 알아갈 때,
정말 성장할 수 있습니다.

해보셨나요?

제가 막 독서를 제대로 시작했을 무렵의 일입니다. 어느 날 급히 외출하려고 준비하는데 옷장에 셔츠가 없길래 '어머니~ 셔츠가 없어요'라고 말했습니다. 그런데 어머니는 '거기 있을 거야. 찾아봐' 하시면서 천천히 걸어오셨어요. 제가 바쁜 마음에 '없어요! 여기 아무것도 없으니, 다른 데서 찾아주세요!' 하고 외치는데도 어머니는 계속 느긋하게 걸어오셨어요. 직접 옷장을 보고 나서야 '정말 없네?' 하곤, 결국 다른 데에서 셔츠를 찾아주셨지요. (그 당시 저는 게으른 백수였던지라, 가족들이 제 말을 잘 믿지 않았습니다.) 순간 답답해서 화가 나려다가 문득 깨닫게 되었습니다.

'직접 경험해봐야만' 알게 된다는 사실을요. 직접 경험을 해보기 전까지는 우리는 믿지 않으려 합니다. 그러나 모든 경험을 직접 해볼 수는 없습니다. 그래서 소크라테스는 '남의 경험에서 배워라. 그것이 가장 빠르고 현명하다'라고 말했습니다. 현명한 사람의 이야기를 듣고 배우고, 좋은 책을 읽으라는 것이지요. 셔츠가 있고 없고의 여부는 그리 대단한 사실은 아니지만, 개인적으로는 '상대의 말을 믿으면 시간을 절약할 수 있다는 점'을 배운 계기가 됐지요.

그리고 이것을 나중에 머리 손질과 관련한 경험에서 다시 깨닫게 되었습니다. 저는 머리를 관리하는 일이 번거로워 늘 고민이었어요. 그런데 제 독자였던 한 헤어 디자이너분이 '파마를 하자'고 권했습니다. 저는 동네 아주머니들의 '뽀글뽀글 머리'가 연상되어 '싫다!'고 거절했고요. 디자이너분이 저를 반년간 설득한 끝에 결국 파마를 하게 됐죠. 막상 해보니까 '뽀글뽀글 머리'도 아니고, 관리도 어렵지 않더라고요. '먼저 해본 자'의 경험을 믿으면, 빠르게 나아진다는 사실을 다시 한번 배운 순간이었습니다.

먼저 해본 자, 먼저 공부한 자의 말을 믿으면 빠르게 나아집니다. (연 1900억원의 매출을 자랑하는 준오헤어의 대표님도 직원들에게 '진짜 못 해먹겠다!' 생각이 드는 순간을 10번만 참으라고 합니다. 10번을 참고 난 후면 고액 연봉을 받는 디자이너가 되어 있을 거라고요. 그 말을 믿고 버틴 이는 훌륭한 디자이너가 되는 것이죠!)

'살아 있음의 감사함' '시간의 소중함' 등에 대해선 자주 듣게 되므로, 잘 알고 있다고 착각하는 경우가 많습니다. 하지만 잃어 보지 않으면 제대로 알지 못할 때가 많지요. 경험하고 나서도 금세 잊기도 합니다.

저도 말로만 '살아 있음의 소중함'을 들었을 때와 직접 죽을 경험을 여러 번 겪었을 때, 그리고 인생과 죽음에 대해 스스로 찾아서 공부했을 때, 각각 배움의 깊이가 다릅니다. 처음 겪고 깨달았을 때의 느낌을 계속 기억하려고 노력하지만, 일상에서 다른 것들을 경험하다보면 금방 그 느낌을 잊어버리기도 하지요. 그래서 꾸준히 검손함을 유지하고 계속 마음을 열고 배우려고 합니다.

'견문을 넓혀라' '많은 경험을 해라' 등의 말 역시 이것이 왜 중요한지 알려면, 실제로 많이 경험해봐서 스스로 깨달아야 합니다.

수많은 사람들을 만나보고,

수많은 생각들을 접해보고,

수많은 새로운 일들을 시도해봐야,

내가 갇혀 있는 우물의 크기를 알게 되고,

나의 어리석음을 깨닫게 되는데

맨날 하던 것만 하고,

만나던 사람만 만나며,

끼리끼리 어울려 있으면서 비슷한 사람들과 비교하면

점점 더 착각에 빠지게 됩니다.

자신의 무지를 점점 더 모르게 됩니다.

경험해야 합니다.

경험해야 우리의 무지를 조금이라도 알 수 있습니다.

무지를 깨달아야 진정한 성장이 시작됩니다.

왜 경험해야 하는지 잘 아시겠죠?

…

…모릅니다! 해봐야! 압니다.

나를 비우는 연습

'제가 능력이 부족해서요…'라고 말하면서도 '책을 읽어보세요' '나이가 어려도 나보다 실력이 있다면 물어보세요'라고 사람들이 조언하면, 듣지 않고 '혼자 해볼게요'라고 답하거나, 조언을 메모하지 않고 살아가다 아예 조언을 잊어버리고 지내는 경우를 봅니다. '나는 부족하다'고 겸손으로 포장하지만 실제론 자기 생각, 고집을 버리지 않는 것이지요. 노자의 《도덕경》에 이런 글이 있습니다.

흙을 빚어 그릇을 만드는데

그 가운데 아무것도 없음 때문에

그릇의 쓸모가 생겨난다.

…

그러므로 있음은 이로움을 위한 것이지만

없음은 쓸모가 생겨나게 하는 것이다.

나를 비운다는 것은, 내 안의 어리석은 나를 버리고 지혜로운 소리에 귀기울이는 일입니다.

많은 사람이 소주잔 한 컵에 불과한 자신의 세계에만 머물며, 평생 그 안에 갇혀 삽니다. 나를 비우는 연습을 하면 우리는 소주잔 신세에서 벗어나, 호수가 되고 바다가 될 수 있습니다.

쓸모는

아무것도 없음에서 생겨납니다.

나를 비워야

채울 수 있습니다.

아주 작은 관점의 차이

부족한 점이 많다는 것은
성장할 점이 많다는 뜻입니다.

지금 바닥에 있다는 것은
앞으로 올라갈 일만 남았다는 뜻입니다.

머리가 좋지 못하다는 것은
겸허히 배울 수 있다는 뜻입니다.

몸이 약하다는 것은

자연스레 건강에 신경쓰며 자신을 돌볼 수 있다는 뜻입니다.

상처가 많다는 것은
다른 사람의 상처를 이해할 수 있다는 뜻입니다.

《관점을 디자인하라》라는 책이 있어요. '관점 디자이너'인 박용후 대표가 보이지 않는 것들을 보고, 들리지 않는 것들을 듣는 등 남과 다른 관점을 가져야 한다고 알려주는 책인데요. 이 책에 이런 구절이 나옵니다.

다른 사람들에게 자신의 가치를 나타내고 싶다면 … '나다운 것'이 무엇인지 검토할 수 있어야 한다. … 이것은 '어떻게 보이고 싶은지를 결정'하는 것과 관련이 있다. '나다운 것'이라는 의미는 '내가 다른 이들에게 어떤 모습으로 보이고 싶은지'의 검토를 통해서 가능하다.

자신의 부족한 점, 자신이 겪는 문제를 장애물로만, 걸림돌로만 여기면 앞으로 나아갈 수 없습니다. 걸려 넘어져 주저앉기 십상입니다. '부족한 부분'은 '채워갈 부분'으로, '문제'는 '해결능력을 키우기 위한 과제'로 관점을 바꿔보세요. 나를 가로막는 줄로만 알았던 걸림돌이 나를 더 나은 미래로 연결해줄 디딤돌로 변하는 마법을 경험할 수 있을 겁니다.

나는 부족한 것투성이라고요?

아니요!

채울 수 있는 것,

성장의 가능성이 그만큼 많은 것입니다.

곧 죽는다면 무엇이 가장 아쉬울까요?

처음 몸이 정말 많이 아팠을 때, 세 번의 고비가 찾아왔습니다. 너무나 힘들어서 마지막에는 삶을 포기하려고까지 했지요. 하지만 곰곰이 생각해보니, 아직 못 해본 일도 많은데 죽는 것이 억울하고 아쉬웠습니다.

이후 저는 인생에 대해 진지하게 생각하기 시작했고, 죽음에 관한 책을 수십 권가량 읽으면서 살아 있음의 감사함, 생의 소중함을 온몸으로 배울 수 있었습니다. 사실 우리는 '살아 있음의 감사함' '시간의 소중함' 등에 대한 이야기를 자주 듣습니다. 그 때문에 잘 알고 있다고 착각하기 쉬운데, 실은 그렇지 않습니다. 왜일까요? '살아 있음'과 '시간'은 우리에게 공기나 물과 같은 것이기 때문입니다. 따라서 없이 살아갈 때의 절실함을 겪어본 적이 없습니다.

한 여대생이 교통사고를 당해 심한 화상을 입었습니다. 30번이 넘는 대수술을 받은 끝에야 겨우 죽음을 이겨낼 수 있었죠. 하지만 중화상은 그녀에게서 아름다운 외모를 앗아가고 말았습니다. 그래도 그녀는 절망하지 않았습니다. 오히려 자신을 똑바로 바라보며 당차게 말하곤 하죠.

"안녕, 이지선! 사랑해."

《지선아 사랑해》의 저자 이지선 씨의 이야기입니다. 지선 씨의 명랑함은 그 자체로 제게 따끔하고 아픈 질책이었습니다. 고난을 통해 '두 번째 인생'을 선물받았다며 감사해하는 그녀의 모습에서 '살아야 할 이유' '살아 있음의 소중함'을 절실히 배울 수 있었습니다. 그녀의 말을 함께 들어보시겠어요?

우리는 세상에 정말 중요하고 영원한 것이 무엇인지 아는 사람들입니다. 생명이 얼마나 소중한 것인지, 사랑이 얼마나 따뜻한 것인지, 절망이 얼마나 사람을 죽이는 것인지, 희망은 얼마나 큰 힘이 있는지, 행복은 얼마나 가까이에 있는지, 정말 세상

에 부질없는 것들이 무엇인지, 기쁨과 감사는 얼마나 작은 것
에서부터 시작되는지…

지선 씨의 이야기를 접한 이후 저는 살아 있음에 감사하며, 앞
으로의 삶을 소중히 여겨야겠다고 다짐했습니다. 그렇게 다시 살
아야겠다고 마음먹은 이후로 지금은 이렇게 건강히, 똘망똘망하
게 살아 있습니다. 여러분께 이런 질문을 하고 싶습니다.

'곧 죽는다면, 무엇이 가장 아쉬울까요?' (사실. 우리 모두는 시한부 인
생입니다. 태어나면서부터 죽어가는 것이죠)

저는 죽음의 고비를 여러 번 넘겼기에 '지금 죽는다면 무엇이
가장 아쉬울까?'에 대한 생각을 많이 했습니다. 초반의 고비 때는
무엇 하나 제대로 해본 것이 없어서 아쉬웠지요. 건강을 조금 회
복하고 인생을 다시 시작하면서, 후회하지 않는 삶을 살려고 매일
노력했습니다. 그리고 남들보다 빠르게 많은 것을 해냈고 경험했
습니다. 상황이 허락하는 선에선 거의 모든 것을 다 해보았습니다.
아직 해외에 나가보지 못한 것이 아쉽긴 하지만. 그것 외엔 거의
다 도전하고 실천하고 노력했지요. 그래서 사실 아쉽다고 할 것은
아닌 듯합니다. 아무리 돈과 시간과 체력이 넘쳐나는 사람이어도
모든 것을 다 할 수는 없으니까요.

본인이 현재, 오늘 할 수 있는 선에서 전부 시도해본다면 아쉬움이 덜 남는 것 같아요. 예전엔 못 해본 것이 너무도 많았던 저이지만, 현재의 저는 많은 것을 해보았습니다. 여러분도 자신이 할 수 있는 것이라면 다 시도해보길 응원합니다. 죽을 때 아쉬움이 남지 않도록요.

삶이 힘들 때는, 삶을 포기해버리고 싶을 때는, 죽음을 생각해보세요. '아, 나도 언젠가 죽겠구나'라는 사실을 떠올리면 살아 있음의 감사함을 절로 깨닫게 됩니다. 되는 대로 살아가다 죽을 때가 되어서야 후회하는 일을 막을 수 있습니다.

너무 힘들고 지쳐서
그냥 포기하고 싶으신가요?

그럴 때는 절망에서 희망을 꽃피운
명랑한 지선 씨를 떠올려주세요.

자기 객관화, 성장의 시작

〈백종원의 골목식당〉이란 프로그램, 기억하시나요? 여러 프랜차이즈를 성공시킨 백종원 대표가 자영업자들에게 코칭을 해주는 프로그램이었죠. 다양한 음식을 경험하고 판매하는 사장님들이 나오지만, 그들보다 더 많은 분야를 깊이 연구하고 여러 번의 성공을 거둔 백종원 대표가 좋은 인사이트를 내놓는 경우가 많았습니다.

방송 중 한 막걸릿집 사장님과 백종원 대표의 설전이 흥미로웠습니다. 사장님은 누룩이 중요하다고 했고, 백종원 대표는 물이 중요하다고 했죠. 사장님은 전국에 있는 막걸리를 직접 마셔보고 공부했다며 본인의 생각이 맞다고 주장했습니다. 결국 블라인드

테스트를 했고, 결과는 백종원 대표의 압승이었어요. '그래도 누룩이 중요한데'라고 사장은 고집했지만요. 이런 마음이 자존심인지 무엇인지는 모르겠지만, 사실 우리들은 정말 무엇이 맞고 어느 것이 나은지 인정하지 않을 때가 많습니다.

저도 처음엔 그랬습니다. 좋은 집에서 살고 예쁜 여자친구와 맛있는 것도 먹고 싶었지만, 제가 가진 것은 빚뿐이었어요. 친구들은 학교를 다니거나 취직해서 돈을 버는데, 저는 매일 집에서 할 일 없이 게임만 하고 있었죠. 무언가 잘해서 저를 멋지게 봐주는 이들이 있으면 좋겠는데, 매일 부모님과 여동생에게 잔소리만 듣는 것이 현실이었습니다.

전부 부정하고 싶었습니다. 저 이외의 모든 것을 부정하며 '내가 잘못된 게 아니야. 저 사람들이 억지로 트집 잡는 거야'라고 생각했죠. 그런데 그럴수록 삶은 힘들어졌습니다. 더 이상 내려갈 곳이 없다고 느낀 순간, 그제야 저를 내려놓아야겠다고 생각했어요. 작은 것부터 타인이 저보다 잘하는 것들을 인정하고 배워나가기 시작했습니다. 그러자 모든 것들이 새롭게 다가오기 시작했어요. 기존의 제 선택들이 잘못이었단 사실을 인정하니, 성장하는 저를 보게 되어 즐거웠습니다.

많은 사람들을 코칭해오면서 똑같은 패턴을 경험합니다. '나도 성공하고 싶어요. 멋진 사람이 되고 싶어요. 좋은 영향력을 끼치는 사람이 되고 싶어요'라고 말하지만, 실제로는 본인의 실력, 위치가 파악이 안 된 이들이 많습니다. '지금 그 방법으로는 원하는 목표를 이룰 수 없어요'라고 조언해주면, '내가 잘못이라고? 그럴 리가 없어! 당신이 뭘 알아?'라는 식의 반응을 말로든 행동으로든 보이는 경우가 다수입니다. 본인이 원하는 바와 현 상태의 차이를 솔직히 인정하고 싶지 않은 것이죠. 두려운 겁니다. 그래서 부러워하는 이들에게서 배우려고 하는 대신 오히려 그들을 비난하기도 합니다. 하지만 그럴수록 자신만 더욱 초라해질 뿐입니다.

이런 객관화에 대한 내용은 사실 미디어에 자주 나와요. 온갖 오디션 프로그램이 그렇죠. 좋은 모습을 보이고 싶은 참가자들과 그들을 더 나은 방향으로 이끌어주려는 심사위원이 출연하는데, 많은 경우 참가자들이 심사위원의 의견과 조언을 비난으로 바꾸어버리는 모습을 보게 됩니다. '당신이 뭔데 날 평가해?' 하는 마음인 것이죠. 하지만 심사위원은 그들에게 아무런 감정이 없습니다. 그저 사실을 말하고 있을 뿐이죠.

성장하고 싶은 당신을 응원합니다.

있는 그대로의 자신을 바라보고 인정한다면,

변화의 첫 계단에 올라서는 것입니다.

우리는 모두 신의 선물이고 작품입니다.

신이 우리에게 준 것이 무엇인지를 깨닫고, 감사하고, 성장하고,
나누어가면 됩니다.

"현재의 내 모습을 버려야만,
바라는 모습으로 변화할 수 있다."
- 노자

포기 vs 내려놓음

　우리는 모두 지혜로워지기를 바랍니다. 지혜로워지려면 어떻게 해야 할까요? 지혜를 받아들일 줄 알아야겠죠. 우리가 알고 있는 모든 것들은 원래 나의 것이 아니라, 외부로부터 온 것이고 받은 것입니다. 어릴 땐 아는 것이 전혀 없으니 접하는 대로 배우지만, 어느 순간 자기 선호와 고집이 생깁니다. 그리고 본인이 원하는 것만 보고 듣는 경우가 많지요. 이를 '확증편향'이라고 하는데, 이 것이 생기면 배움이 멈추게 됩니다. 교만한 상태가 되어 고인 물이 되는 거죠. 새로운 것을 받아들이지 않고, 기존의 자기 생각에만 갇혀 있는 것!

　자기 의견만 옳고 다른 의견은 틀렸다는 교만과 자만이 강하면,

맨날 책을 읽고 강의를 들어도 바뀌지 않을 가능성이 높습니다. 더 심하게는 자신이 지혜롭고 똑똑하다는 착각을 하며 책과 강의를 접하지도 않는 경우도 허다합니다. 그러면서도 누군가는 나를 인정해주길 바랍니다.

저는 고통 속에서 바닥을 경험했고, 너무 힘이 들어 가슴이 찢어지는 아픔을 수없이 겪어보았습니다. 그 갈림길에서 다행히 감사하게도, 저는 타의적 '포기'가 아니라 자발적 '내려놓음'을 선택했습니다. 겸손함이 이끄는 지혜의 길로 들어섰습니다.

> 그대의 영혼은 아직 투명하고 / 사랑함으로써 그것 때문에 상처입기를 두려워하지 않으리 / 그대가 살아온 삶은 / 그대가 살지 않은 삶이니 / 이제 자기의 문에 이르기 위해 그대는 / 수많은 열리지 않는 문을 두드려야 하리

류시화 시인의 《그대가 곁에 있어도 나는 그대가 그립다》라는 책에 나오는 〈여행자를 위한 서시〉의 일부입니다. 개인적으로 저는 이 책을 통해 누구에게도 들어본 적 없는 진정한 위로를 받았

습니다. 말 그대로 순수한 감동을 느꼈습니다.

　세상에서 가장 지혜로운 자가 되려면, 가장 겸손한 자가 되어야 합니다. '나는 누구에게나 배울 점이 있다고 생각해'라고 이야기하는 사람들이 있습니다. 듣기엔 좋은 말이죠. 하지만 실제로 매달, 매일 자신보다 나은 이를 찾고 만나러 가는 작업을 얼마나 하는지 묻고 싶습니다. '누구에게나 배울 점이 있다'라고 말하지만 길거리의 걸인들, 취객들을 찾아가서 '인생에 대해 배우고 싶습니다'라고 하진 않겠죠?

　남을 가르치고 싶다면, 가르침을 받는 법부터 배워야 합니다.

사람이 교만하면 낮아지게 되겠고,

마음이 겸손하면 영예를 얻으리라.

- 《잠언》 29:23

남의 단점이 자주 보인다면

남의 단점이 자꾸 보이고 헐뜯게 되는 경우가 있습니다.

책을 읽으면서 '요즘엔 개나 소나 책을 쓰네. 이런 게 무슨 작가라고' 하며 무시하거나,

정치인을 보며 '맨날 싸움만 하는 놈들'이라고 비난하거나,

성공한 CEO를 보며 '저 사람 바람피웠다는데?'라고 힐난하는 경우들이죠.

그런데 생각해봤나요? 남의 단점만 집어내 비난하면 누가 이익을 볼까요? 나에게 이익이 되나요? 네! 이익이 되긴 하죠. 비난하는 순간 '나는 너보다 나아'라는 쾌감이 느껴지니까요. 그런데 그

들은 엄청난 노력으로 그 자리에 올라간 사람들이죠. 하지만 그들을 말로 비난하는 데에는 별 노력이 필요하지 않습니다. 일종의 '헛된 바람으로 가득 찬 풍선에 올라타기' 같은 것이죠.

그들은 노력으로 그 위치에 올라갔는데, 나는 앉아서 말로 비난만 합니다. 순간 우월감을 느끼겠지만, 사실은 계속 헛된 바람의 풍선에 바람을 넣고 있는 것뿐이죠. 그러다 누군가 내 현 위치를 지적하면 듣기가 싫지요. 괴롭지요. 분노하지요.

'당신이 뭔데 왜 함부로 말해? 내가 이것밖에 안 된다고?!'

현실을 지적하는 의견을 '나는 나쁘고 못났다'라는 이야기로 받아들이진 마세요. 단지 현 위치이고 상태일 뿐입니다. 50층에 올라가 있는 사람이 부러우면, 솔직하게 '멋지다' 인정해보세요. 그리고 그들의 노력을 연구하고 배워내면 됩니다. 그럼 내 것이 되고, 나도 50층에 오를 수 있어요. 좋은 것만 보고 배우기에도 인생은 짧습니다. 인생도 여행인데, 여행지에서 본 쓰레기에 대해 얘기하느라 시간을 허비할 필요는 없지 않을까요?

'롤모델이 누구인가요?'라는 질문에 대해
'마음에 드는 사람이 없어요! 다 시원찮아요'라고 답한다든지
말로는 '누구에게나 배울 점이 있지요'라고 하지만
속으론 자꾸 남의 흉을 보고 있다면

일종의 헛된 바람으로만 찬 풍선 위에서 남을 내려다보고 있는 것일 수 있어요.

내가 흉보는 그들은 노력으로 한 계단 한 계단 올라가 그 자리에 있는 것이죠.

사람들이 흉본다고 그들의 위치가 변하진 않아요.

하지만 내 위치는 헛된 바람으로 가득 찬 풍선 위에 있는 것이어서 살짝 찔리면 펑! 하고 바닥으로 떨어지게 됩니다.

물론 괴롭겠지요.

하지만 바닥을 밟아야, 계단(실제 노력)을 밟아야 제대로 올라갈 수 있습니다.

우리, 풍선을 터뜨려요.

필요하다면 이 글이 바늘이 될 거예요.

성장을 응원합니다.

그 지위에 있지 않다면
그 일에 대해 논하지 말라.
-《논어》

'내가 틀릴 수도 있지 않을까?'

　자기 생각이 틀리길 바라는 사람이 있을까요? 하지만 우리들
의 생각은 불완전합니다. 미국의 한 대통령은 이렇게 말했다고 합
니다.

　"내 생각의 50퍼센트만 맞아도 소원이 없겠습니다."

　모든 사람의 주목을 받는 높은 위치에 있는 사람도 자기 생각
이 틀릴 때가 많다는 사실을 인정하고 있는 것이죠. 우리는 어
떨까요? 사실 저는 경제적·육체적 고난이 찾아왔을 때 수년간
'난 잘못한 게 없다'라고만 되뇌었습니다. 제 실수와 잘못을 인정
하지 않았습니다. 하지만 그럴수록 상황은 점점 더 나빠지더군요.
그러던 중 책을 읽으면서 저를 객관적으로 바라보는 방법을 연습

하게 되었고, 제 생각에 잘못된 부분이 많다는 사실을 깨닫기 시작했습니다.

'내 생각이 틀릴 수도 있지 않을까?'

저는 이런 생각을 했던 순간부터, 다양한 책을 읽고 사람들을 찾아다녔습니다. 그런데 최근 서점에서 《내가 틀릴 수도 있습니다》라는 책이 베스트셀러에 오른 것을 보고 무척 놀랐습니다. 수많은 사람들을 불안에서 끌어내어 평화와 고요로 이끌었던 스웨덴의 현자 비욘 나티코 린데블라드의 책인데요. 제가 과거에 했던 생각을 이토록 훌륭한 분에게서 다시 들으니, 감격스럽기도 하고 왠지 부끄럽기도 하더라고요. 책에서 저자는 말합니다.

세상은 계속해서 움직이고 변화합니다. 변화의 방향은 우리가 원하는 것과 대체로 무관합니다. 그러나 세상이, 누군가가 우리 생각대로 바뀌어야만 내가 나로 살아갈 수 있는 것은 아닙니다. 우리가 압박감, 슬픔, 외로움, 불안, 초라한 기분에 시달린다면 … 우리가 집착하며 좀처럼 놓지 못하는 어떤 '생각'이 불행감을 초래하는 겁니다.

정말 그렇습니다. 대체로 경제적·사회적·관계적인 문제에서 헤어나오지 못하는 사람들일수록, 자신의 실수나 잘못을 인정하지 않고 타인을 탓하곤 하더군요. 사실 자신을 객관적으로 바라보고 잘못된 부분을 찾아내 인정하는 것은, 자신의 몸을 직접 수술하는 것만큼 어렵고 큰 용기가 필요한 일입니다. 또한 자기에게 문제가 있다는 사실을 인정한다는 건, 이 세상에 하나뿐인 나를 내려놓는 일이기에 더욱 괴로울 수밖에 없습니다. 그럼에도 해야 합니다.

차분한 마음으로 자신을 들여다보세요. 자기와 대화해보고, 잘못된 점을 발견하면 인정하고 나아가세요. 그때 비로소 성장이 시작됩니다.

나는 잘못한 것이 아무것도 없는데,

내가 맞는 것 같은데,

삶이 잘 풀리지 않나요?

그럴 때는 생각해보세요.

'내 생각이 틀릴 수도 있다'라고요.

멘토가 없는 이유

장학사들을 대상으로 강의를 간 적이 있습니다. 중고등학교 때 '장학사가 온다'고 하면 학교 전체가 난리나서 쓸고 닦고 했던 기억이 떠올라 꽤 긴장하며 강의를 시작했지요.

"제가 학생 때 장학사분들이 오신다고 하면 선생님들이 다 긴장했는데, 여러분 앞에서 강의를 한다니 기분이 묘하네요. 여러분 배우는 것 좋아하세요? 좋아하시는 분은 손을 들어볼까요?"

그러자 거의 모든 분들이 손을 들었습니다. 제가 다시 질문했어요.

"아! 여러분들은 배우는 것을 좋아하시는군요! 혹시 한 달에 책을 5권 이상 읽는 분은 계속 손을 들어주시겠어요?"

그러자 100명 중 90명이 손을 내렸습니다. 제가 다시 질문했습니다.

"혹시 매달 한 번 이상, 다른 분야의 전문가를 찾아가 배우는 분이 계신가요?"

그랬더니, 손을 들고 있는 분이 한 사람도 없었습니다.

어떤가요? 의식하든 못하든 우리는 혼자만의 생각으로 살진 않아요. 누군가와 소통하고 의견을 주고받으며 살아갑니다. 실은 진정한 의미에서의 소통은 아닐지 몰라요. 확증편향에 의해, 들어도 듣지 않는 경우가 많으니까요. 확증편향이란 자기 생각과 일치하는 정보만 받아들이고 다른 건 무시하는 심리를 뜻합니다.

그런 의미에서 멘토를 찾아다니며 배울 정도로 열정이 넘치는 이들은 소수인 듯합니다. 책이 접근성도 좋고 배움의 훌륭한 수단인 것은 분명하죠. 하지만 책은 생명이 있는 존재는 아닌 만큼, 아무래도 접할 때 덜 긴장하기 마련입니다. 그리고 나에게 최적화된 조언을 맞춤형으로 해줄 수도 없지요. 그래서 살아 있는 존재, 자신에게 맞는 멘토를 만나는 일이 아주 중요합니다. 혼자서 시행착오를 겪으며 10년이 걸려 배울 것을, 멘토와 함께하면 1년 안에 해낼 수도 있거든요.

편의상 멘토라는 단어를 썼는데, 그냥 자신에게 지혜를 줄 수 있는 사람 정도로 생각하면 좋겠습니다. 멘토라고 하면 너무 대단하게 생각하고 완벽할 사람일 거라 오해하는 경우도 참 많거든요. 그러다 그의 단점을 조금이라도 발견하면, 크게 실망하고 모든 배움을 버리는 경우도 없지 않아서요.

천억대 부자인 분을 통해 경험한 이야기가 좋아서 나눠볼까 해요. 예전에 그분이 강의하는 곳에 불러주셔서 구경하러 갔어요. 여러 지점을 둔 회사의 모임이었는데, 각 지점의 부점장 50명 정도가 모인 자리였습니다. 강의 중에 대표님이 '종이에 롤모델을 적어보세요'라고 요청했습니다. 시간이 지나고 종이를 거두어서 보니, 50명 중 롤모델을 적은 이는 3명도 안 되었어요. 그러자 대표님이 이렇게 말씀하시더라고요.

"자네들이 왜 멘토가 없는 줄 아나? 교만해서야. 자네들 부점장인데, 위의 점장이 멘토가 아니라고? 바로 위의 상사에게 배울 점이 그렇게 없을까? 가까운 사람에게서 배울 점을 찾지 못하면 절대로 올라가지 못한다고."

저도 교육하면서 항상 해오던 이야기였는데, 저보다 먼저 사회생활을 시작해서 많은 이들을 가르치는 분의 입을 통해 들으니 더욱 와닿았습니다. '저 사람은 저런 단점이 있고, 이 사람은 무슨 실수를 했고' 하나하나 따지면 누구에게도 배울 수 없어요.

그리고 너무 유명하거나 자신과 격차가 심한 이들은 만나기가 어렵죠. 빌 게이츠나 스티브 잡스, 이런 식으로 멘토를 정하면 직접 소통하기는 불가능하니까요. 그러니 일단 쉽게 접할 수 있는 이에게 배울 점을 찾아보세요.

분명히 처음엔 '내가 왜 저런 사람에게, 저 정도는 나도 하겠다'라는 생각이 들 수도 있어요. 더 멋있고 대단한 분을 만나고 싶죠? 그렇다면 그 대단한 분을 만나기 전, 주변의 사람들에게 배울 점을 찾고 그들의 장점을 모조리 자기 것으로 만드세요. 그 과정이 반복되면서 성장하면 자연스레 대단한 분을 만날 수 있을 거예요.

그리고 또 한 가지 당부드리고 싶어요. 혹여나 멘토의 객관화(팩트)를 당신이 나쁘고 못났다는 이야기로 받아들이지는 마세요. 힘들더라도 분명하게 자신의 현재 상태를 파악하면, 앞으로 인생이 훨씬 즐거워집니다. 감사할 일도 많아집니다.

나를 알고 싶다면,
나에 대해 알려줄 인생의 스승을 찾아보세요.

새로운, 나은 이를 만나기

제 무지를 깨닫기 전까진, 즉 꿈이 없었을 때엔 새로운 사람을 잘 만나지 않았습니다. 낯도 많이 가리고 내성적이고 내향적이라, 새로운 사람을 만나면 에너지가 많이 들어요. 하지만 꿈을 찾기 시작한 후엔, 무지를 깨달은 뒤에는, '새로운, 나은 이'를 꾸준히 찾고 만나오고 있습니다. 덕분에 많이 성장했죠.

새로운, 나은 이를 만나는 몇 가지 이유가 있습니다.

1. 호기심 때문입니다.
2. 새로운 자극이 됩니다.

3. 새로운 것을 배우게 됩니다.

4. 새로운 나를 만나게 됩니다.

5. 나은 나를 만나게 됩니다.

새로운 사람을 만나면 대부분의 경우 자극을 받게 됩니다. 또한 나도 상대에게 새로운 사람이지요. 상대도 나를 처음 만나니 나는 '자기소개'를 해야 합니다. 내가 성장하고 있다면 '자기소개'도 성장하겠죠. 상대가 어제까지의 나를 모르니, 오늘의 나는 새로운 모습을 연습할 수도 있습니다. 기존에 알던 상대를 만나 자극을 받게 되는 경우는 흔치 않지요.

새로운 사람이란 것이 꼭 '전에 만난 적이 없는 사람'만을 의미하진 않습니다. '괄목상대'라는 말이 있죠. 내가 아는 지인이 몰라볼 정도로 나아지는 경우입니다. 즉 '이 사람이 내가 알던 사람이 맞나?'라고 느낄 정도로 배우고 행동하는 이라면, 같은 사람이지만 새 사람일 수 있단 것이죠. (물론 이런 이는 흔하지 않습니다.)

이것은 개인으로도 그렇고, 회사에서도 그렇습니다. 대형화되고 노후화된 회사에서는 느끼기 어려울 수 있지만 빠르게 성장하는, 크지 않은 규모의 회사에선 이런 일이 자주 생깁니다. 회사가 빠르게 성장하면 그에 맞게 기술도, 구성원의 생각도 변하고 나

아저야 하죠. 그런데 초기 멤버 중 그 속도를 따라오지 못하거나 이전의 사고에 머물러 있는 경우가 있어요. 그럼 회사의 흐름에 맞지 않게 됩니다. 이럴 땐 기존에 알던 이라 편하고 익숙하지만 이별을 할 수밖에 없습니다. 안 그러면 회사가 힘들어지니까요.

개인도 마찬가지입니다. 결국 개인이 모여 가족, 회사, 국가가 되니까요. 개인도 혼자만 지내는 것이 아니라 결국 인간관계를 맺기 때문에, 개선되지 않으면 고인 물처럼 됩니다. 나이만 먹고 성장하지 않는 것이죠. 이 시기가 오래되면 '나이는 먹었는데 해놓은 것이 없다'라는 생각 때문에 사람을 만나고 변화하기 더 어려워집니다. (물론 그렇다고 계속 나은 이를 만나지 않으면, 나중엔 더 많이 후회하겠죠. 오늘이 남은 여생의 가장 젊은 날이니, 오늘 시도해야죠!)

만남을 피하는 분들이 주로 제시하는 이유들이 있습니다.

1. 만나면 어색하다.
2. 무슨 말을 할지 모르겠다.
3. 무엇을 할지 모르겠다.
4. 나은 이를 만나면 비교되서 기분이 나쁘다.

모든 것이 연습입니다. 처음부터 잘할 수 없지요. 경험 없는 일을 잘 못하는 것은 실패가 아닙니다. 그래서 잘하려고 하지 말고 작게 시도하길 권합니다. '어디 한번 당해봐라' 생각하고 새로운 사람을 만나는 경우는 없을 겁니다. 그러니 편하게 생각해보세요.

'안 되면 말고. 잘 안 되면 어때, 다음에 또 시도하면 되지.'

이런 마음인 거죠. 실제로도 '작정'한다고 해서 꼭 잘되는 것도 아니거든요. 그러니 별생각 없이 해보는 거예요. '작정'하고 잘하는 것은, 한참 경험이 쌓이고 나서야 실제로 가능합니다.

'연습은 실전처럼, 실전은 연습처럼 하라'는 연주자, 운동선수들의 말은 이미 그들이 상당한 수준에 이르러 대중이 보는 앞에서 그들의 실력을 보일 때의 얘기지요. 동네에서 운동을 시작한 아이들이 '전 국민이 나를 보고 있다. 실수하면 어떻게 하지?' 생각할 필요가 없듯, 우리가 새로운 사람을 만나서 실수한다고 엄청난 문제가 생기진 않겠지요? 그러니 '연습은 연습처럼, 실전은 기존에 연습해왔듯'의 마음으로 '어차피 손해볼 것도 없고 나는 단지 탐색 중'이라는 마음으로 힘을 빼고 해보면 좋겠습니다.

자기보다 못한 사람을 벗 삼지 말라.

-《논어》

새로운, 나은 것을 꾸준히 받아들이지 않으면

고인 물처럼 썩지요.

물도, 회사도, 개인도.

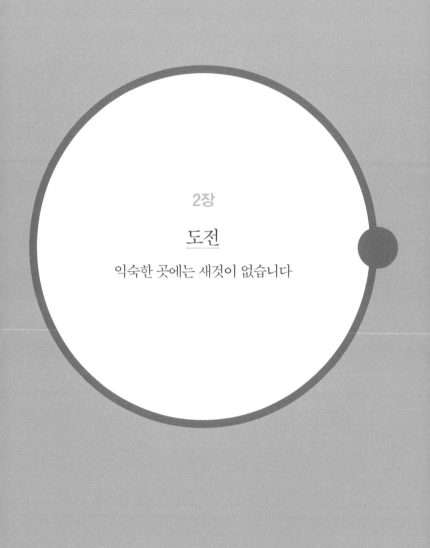

2장

도전

익숙한 곳에는 새것이 없습니다

✳

부정의 말, 긍정의 말

"이 멍청한 놈아."

"넌 절대 성공하지 못할 거야."

"너 잘하는 게 없지?"

이런 말을 듣고 화나지 않는 사람은 없을 겁니다. 아마도 반발
하겠죠.

"당신이 뭔데 나한테 함부로 그런 말을 해요?"

그런데 많은 경우 우리는 스스로에게는 부정적인 말을 합니다.

"난 멍청해."

"난 절대 성공하지 못할 거야."

"난 잘하는 게 없어."

다른 이가 우리에게 부정적인 말을 하면 화가 나지요.

그렇다면, 스스로에게 이런 말을 하는 것에 대해서도 화를 내야 하지 않을까요?

'그만해!'라고 말해야 하지 않나요?

우리가 남에게 듣고 싶은 말들이 있지요.

"너는 멋있어."

"넌 참 좋은 사람이야."

"너는 잘해낼 거야."

스스로에게도 좋은 말, 긍정적인 말을 해주세요.

"나는 멋있어."

"나는 참 좋은 사람이야."

"나는 잘해낼 거야."

남이 내게 하면 싫은 말들을,

자신에게 하지 마세요.

당신은 긍정적인 말을 들어도 충분한,

참 좋은 사람입니다.

'나'라는 행운아

  세계보건기구(WHO)에서 발표한 〈세계장애보고서〉에 따르면 '2010년 기준 세계 인구의 15퍼센트에 해당하는 약 10억 명이 다양한 장애를 겪고 있다'고 합니다. 장애에 대한 편견 때문에, 장애가 있어도 등록하지 않은 장애인이 많지요. 몸과 정신이 불편한 이들은 외출하지 않는 경우가 많으니 눈에 잘 띄지 않을 뿐 생각보다 많습니다. 또한 유엔이 발표한 자료에 따르면 2022년 세계 인구의 9.8퍼센트에 해당하는 8.2억만 명이 굶주림에 시달렸다고 합니다.

  한국은 6·25 전쟁 후 50년 만에 원조를 받던 나라에서 선진국 반열로 성장했지요. 미국의 〈US 뉴스 앤드 월드 리포트〉에서는

2022년 한국을 세계 6위의 강력한 국가라고 발표했습니다. 우리는 '운 좋게' 한국에 태어나서 '아무 노력 없이' 세계 195개국 중 상위권에 속하게 된 것이죠. 많은 사람들이 SNS 등을 보면서 비교하느라 '헬조선' 같은 말을 합니다. 하지만 세계적 관점에선 우리가 금수저인 셈이지요. 학생으로 치면 전교생 195명 중 6등으로 태어난 거예요. '아무 노력 없이'요.

단 하루라도 세상을 볼 수 있다면…

단 하루라도 걸을 수 있다면…

단 하루라도 들을 수 있다면…

단 하루라도 굶지 않을 수 있다면…

단 하루라도 일반인처럼 사람들을 만나고 생활할 수 있다면…

단 하루라도 죽을 걱정을 하지 않고 살 수만 있다면…

(다 저의 간절한 바람들이었습니다.)

이러한 소망으로 하루하루 살아가는 이들이

얼마나 많은지 아세요?

이런 고민을 매일 하지 않아도 된다면,

그것만으로도 당신은 엄청난 행운아입니다.

우리는 모두 '금수저'를 물고 태어난

행운아입니다.

그 행운을 스스로 차버리지 마세요.

의문과 질문

《거인이 보낸 편지》라는 책이 있어요. 세계적 변화심리학자인 토니 로빈스가 그간 주장한 메시지의 핵심만을 추려 간결하게 정리한 책이라고 할 수 있습니다. 이 책은 차례만 봐도, 배울 수 있는 내용이 정말 많아요. 일부만 옮겨볼게요.

Lesson 1. 위기는 곧 기회다

Lesson 2. 세상에 실패는 없다

Lesson 3. 결단의 놀라운 힘

Lesson 4. 확고한 신념이 변화를 일군다

이 중에서 특히 눈여겨봐주셨으면 하는 부분은 '질문이 답을 만든다'입니다. 질문을 던져야 답을 구할 수 있다는 것이죠. 아인슈타인도 질문의 중요성을 강조했어요.

"가장 중요한 것은 질문을 멈추지 않는 것이다. 호기심은 그 자체만으로도 존재 이유가 있다. 영원성, 생명, 현실의 놀라운 구조를 숙고하는 사람은 경외감을 느끼게 된다. 매일 이러한 비밀의 실타래를 한 가닥씩 푸는 것으로 족하다. 신성한 호기심을 절대 잃지 말라."

질문을 던지면, 많은 것을 깨닫고 배울 수 있습니다. 그런데 여기서 한 가지, 주의할 점이 있습니다. 바로 '의문'과 '질문'을 구분해야 한다는 것이에요.

'내가 할 수 있을까?'

'실패하면 어떻게 하지?'

'이게 가능할까?'

'왜 나는 항상 이 모양이지?'

'쟤(상사, 직원, 주위 사람)는 도대체 왜 저러지?'

이런 것들은 질문이 아닙니다. 의문이죠. 사전을 보면 의문은 '의심스럽게 생각하는 문제나 사실'을 뜻하고, 질문은 '알고자 하는 바를 얻기 위해 물어보는 일'을 뜻합니다.

의문은 우리를 멈추게 하고, 질문은 우리를 나아가게 합니다.

'내가 할 수 있을까?'라는 의문을

'어떻게 하면 내가 이걸 해낼 수 있을까?'라는

질문으로 바꾸세요.

자신만의 질문을 찾고,

문제를 풀어내면서 우리는 성장하게 됩니다.

다섯 번의 '왜'

우리는 노력하라는 이야기를 많이 듣습니다. 노력하고 있는데도, 그런 이야기를 듣는 경우도 많죠. 그럼 노력해도 성과가 없다는 건데, 그 이유가 대체 무엇일까요? 대부분 이런 말을 하세요.

"게을러서요."
"머리가 나빠서요."
"바빠서요."

아니에요. 진짜 이유는 따로 있을 거예요. 근본 원인을 곰곰이 생각해보세요. 원인을 알아야 해결책을 찾을 수 있으니까요.

도요타를 아시나요? 도요타는 세계 1위 완성차 업체인데요. 이 회사의 노동조합 서기장이 쓴《도요타, 다섯 번의 질문》이라는 책에 따르면, "본질에 닿기 위해서는 다섯 번 '왜'라고 물어"야 한다고 해요. 즉 '도요타 질문법'은 근본 원인을 파악하기 위해 같은 주제로 다섯 번을 더 물어봅니다. 예를 들면 아래와 같습니다.

'난 왜 영어를 못할까? → 영어를 별로 안 해서 → 왜 안 했을까? → 영어가 무서워서 → 왜 무서울까? → (계속 질문과 대답을 이어감)'

이렇게 하나의 주제로 질문을 파고드는 연습을 하다보면, 분명 근본 원인을 알아낼 수 있을 겁니다. 책에 의하면 도요타의 임직원은 '문제의 해결을 넘어 근본 원인까지 철저히 파고드는 대화법', 최소한 다섯 번까지 물어서 원인을 파악하는 '다섯 번의 왜?' 원칙을 지킨다고 해요.

능력이 부족하다?

바쁘다?

진짜 이유를 찾을 때까지,

끈질긴 질문을 해보세요.

'적자' 생존의 법칙

'살 빼야지, 영어 공부해야지, 돈 아껴야지, 책 읽어야지, TV 그만 봐야지.'

매년, 매달, 말로만 하겠다고 다짐하고, 며칠만 지나도 금세 지키지 못하는 의지박약의 모습… 어딘가 익숙하지 않나요? 저도 그랬습니다. 의지는커녕 욕심도 하나 없었고, 매일 집에서 뒹굴거리다가 어머니한테 혼나고 맞고 심지어는 밟히기까지 했답니다.

그런데 수첩 하나를 정해서 좋은 이야기와 문구를 보고 듣는 대로 매일매일 적자, 변화가 시작되었어요. '적자' 생존의 법칙이죠. 이른바 '적어야(메모해야) 산다'라는 뜻인데요. 적지 않으면 잊습니다. 선조들이 책을 남기지 않았다면 후손들은 역사를 잊었을 것입니다.

변하고 싶다면, 달라지고 싶다면, 그런데 어디서부터 시작해야 할지 모르겠다면, 일단 적으세요. 내가 할 수 있는 것, 할 수 있다고 꿈꾸는 것, 하고 싶은 것을 적으시면 됩니다.

세계 최정상에 오른 세계적인 석학과 작가, 기업가들의 독창적인 성공 노하우를 다룬《타이탄의 도구들》이란 책이 있어요. 우리나라에서도 엄청난 베스트셀러가 되었는데요. 이 책 역시 '메모'의 결과라고 해요. 저자는 열여덟 살 이후 자신의 모든 것을 기록으로 남겨왔는데, 그 결과 이토록 많은 사람들에게 사랑받는 책을 집필할 수 있었던 것이죠.

책에 등장하는 성공자들, 즉 '타이탄'들도 하나같이 메모의 중요성을 강조합니다. 책에 소개된 제임스 알투처라는 기업가에 대한 이야기를 들어보실까요?

제임스는 매일 아침 메모장이나 작은 노트에 아이디어 10가지를 적는 습관을 들이라고 강력하게 권한다. 이 연습은 '아이디어 근육'을 발달시키고 필요한 상황에서 창의력을 발휘할 수 있는 자신감을 키워준다. 아이디어의 주제는 무엇이든 상관없다. 중요한 건 꾸준한 연습이다.

꼭 아이디어가 아니어도 괜찮아요. 처음에는 그저 '할 일'을 적는 것만으로도 충분합니다. 기록하려 하지 않는 대부분의 이유는 교만해서입니다. '귀찮아서'라고 포장하곤 하지만, '안 적어도 기억할 수 있어'라며 본인의 머리를 믿기 때문인 경우가 많습니다. 결과는 뻔합니다. 적지 않고 머리로 할 일을 기억하려고 하는 경우, 그로 인해 더 창조적인 일에 머리를 쓰지 못합니다.

그래서 뭔가를 기억하기 위해 적어놓는다는 것은 역설적으로 그것을 잊기 위함입니다. 전체를 다 기억하기보다는 '적어놓았다'는 사실만 생각하면 되니까요. 따라서 다른 일에 몰두할 수 있습니다. 적지 않으면 그것을 계속 상기시키느라 집중력이 분산됩니다. 그러니 할 일은 무조건 적어두어야 합니다.

어디서부터 시작해야 할지 모르겠다고요.
일단 적으세요.

적지 않는 습관 때문에,
인생의 적지 않은 것들을 놓칠 수 있습니다.

마음도 밥이 필요합니다

'결심이 오래가지 않는다'라고 말하는 이들이 많습니다.
고민 끝에 이런 비유를 생각 했습니다.

밥 한 번 먹으면 1년간 안 먹어도 되나요?
샤워 한 번 하면 평생 샤워 안 해도 되나요?
장작불에 장작 한 번 넣으면 끝인가요?

결심도 마찬가지입니다. 마음도 밥이 필요합니다. '밥'이란 '결심의 장작'입니다. 그런데 혼자서 아무리 굳게 다짐해도 며칠 어려움을 겪으면, 에너지가 소모되기 마련이죠. 그럼 어떻게 해야 할까요?

1. 어려움을 이겨내고 성취한 이들의 이야기를 매일 새로 찾아
   보세요. 그런 이야기를 '남의 이야기'로 구경하듯 읽지 말고
   '나는 오늘 어떻게 해야 할까?' 생각해보고 적어보세요.

   Different people get diffrent things from one thing.
   It's not what's in there but what you take out of it.
   사람들마다 하나로부터 다른 것을 얻습니다.
   그 하나가 무엇인가보다, '당신이 무엇을 꺼내는지'가 중요합
   니다.

2. 명언책을 활용해도 좋습니다. 매일 아침저녁 1~2장씩 읽어
   보세요.

3. 책 읽기보다도 더 좋은 것은 자기보다 나은 이를 직접 만나는
   것입니다. 사람을 일일이 만나기 힘드니까, 사람 대신 책으로
   배우는 것이죠. 저와 직접 만나서 대화하실래요, 단지 문서로
   접하실래요? 스티브 잡스를 직접 만나 대화하실래요, 책으로
   만나실래요? (물론 만나면 부담스럽다, 어렵다 생각하는 분도 있겠지요.

하지만 쉬운 것만 하면 대체되기 쉬운 사람이 됩니다.)

4. 시스템을 만드는 것이 가장 좋습니다. 이미 성공한 이와 일하면 게을러지기가 어렵습니다. 제가 처음에 독서를 했던 이유는 제 주위에 성공한 자들, 열심히 사는 이들이 없었기 때문이기도 하지요. 제가 성공자가 아니었으니까요. 당시 제 주변엔 주로 백수, 학생, 중소기업 직장인만 있었습니다. 그래서 저는 성장하기로 결심하고 나서, 나은 이들을 찾아다니며 열심히 배웠고 덕분에 빠르게 성장했습니다. 현재는 성공한 중견기업 대표들이 주된 인맥입니다. 연봉 1~2억원이 아닌 월 1~2억원이나 그 이상을 버는 이들이 많습니다. (물론 더 올라갈수록 더 대단한 이들이 많아요.)

주위가 다 대단한 분들이다보니, 제가 결심할 것도 없이 매일 주고받는 연락 속에서 자연스럽게 많은 자극을 받습니다. 관계를 이어나가려면 열심히 할 수밖에 없거든요. 제가 성과를 내지 못하면 같이 일할 수가 없으니까요. '꼭 잘해야겠다'라고 마음먹는 수준이 아닌, 아예 다른 세계로 와버렸어요.

첫 시작은 꾸준히 다짐하고, 다짐의 연료가 될 장작거리를 찾고 글로 적으며 내 눈으로, 마음으로 확인하는 것입니다.

단지 적었기 때문입니다.

제 마음을 종이에 글로 새겨넣었기 때문입니다.

결심이 오래가지 않는다고요?

자기의 마음을 종이에 글로 새겨넣는 것이

결심을 유지하기 위한 시작입니다.

1만 시간? 1천 시간만 투자하세요!

'1만 시간의 법칙'이라는 말, 혹시 들어보셨나요? 세계적 저널리스트 말콤 글래드웰이 《아웃라이어》라는 책에서 어느 분야든지 1만 시간을 '집중'해서 연습하면 전문가가 될 수 있다고 주장하면서 유명해진 개념인데요. 그런데 1만 시간은 대체 어느 정도의 시간일지 생각해보신 적이 있나요?

하루에 1시간 연습하면 1년에 365시간… 10년을 해야 3650시간이 되죠. 그럼 27~28년을 해야 겨우 1만 시간이 되네요. 하루에 3시간을 한다고 치면 1년에 1095시간, 10년이면 1만 950시간, 하루에 3시간을 해도 10년이 걸리는 거예요.

감히 대가의 이론을 부정할 필요는 없지만 사실 1만 시간이 좀

벅차게 느껴지는 건 어쩔 수 없는 듯합니다. '작심삼일'이라는 말도 있듯이, 아무리 굳게 다짐해도 노력을 이어가기가 쉽지 않잖아요. 그래서 저는 1만 시간 대신 1천 시간을 추천드리고 싶어요.

저는 노래, 발차기, 쌍절곤, 영어 등을 연습해봤습니다. 영화배우들이 어떻게 훈련하는지도 관심 있게 지켜봤던 적이 있습니다. 액션의 경우 3개월 정도 집중적으로 훈련하면 배우들이 영화를 찍을 만큼의 실력을 갖추는 것을 볼 수 있었어요. 전문가가 보기엔 살짝 어설픈 실력일지라도, 일반인들의 시선에서는 '우와!' 할 수 있는 실력이죠. 물론 3개월 동안 1천 시간을 훈련하려면, 하루에 10시간은 투자해야 해요. 우리는 10시간까지는 어려우니까, 매일 3시간 정도만 연습해보는 겁니다. 하루에 3시간이면, 한 달이면 90시간, 1년이면 1080시간이 되잖아요.

1천 시간의 비밀은, 초기에는 실력 상승이 빠르고 가파르게 이루어진다는 데 있습니다. 1만 시간을 100의 실력으로, 0시간을 0의 실력으로 생각해볼게요. 마스터가 되기 위해서는 1만 시간을 집중적으로 연습해야 하지만, 일단 1천 시간만 투자하면 50 정도의 실력은 갖출 수 있습니다. 영어 같은 경우, 보통 우리들이 필요로 하는 실력은 해외에 나가서 의사소통이 가능한 정도일 겁니다. 외국인 친구랑 즐겁게 이야기하고 여행지에서 큰 불편을 겪지 않을 만큼이면 되지 않나요? 이를 위해서는 1만 시간이 아니라 1천 시간이면 충분하다는 이야기예요.

물론 실력이 50 정도 된 이후로는 점점 힘들어집니다. 100등이 50등으로 가는 것은 조금 노력하면 금방 되지만, 30등에서 10등으로, 10등이 5등에서 3등으로, 마침내 1등으로 가는 건 무척 어렵잖아요. 하지만 1천 시간을 쌓고 쌓으면 어느덧 1만 시간에 도달할 수 있어요. 그러니 처음부터 1만 시간에 도전하기보다는 1천 시간부터 시작하자는 겁니다.

《톰 소여의 모험》《허클베리 핀의 모험》 등으로 잘 알려진 소설가 마크 트웨인은 어려서 아버지를 여의고 학교 교육도 제대로 받지 못했지만, 도서관에서 닥치는 대로 책을 읽으며 지식을 쌓았다고 해요. 그는 이런 말을 했습니다.

"20년 후 당신은 했던 일보다 하지 않았던 일로 인해 더 실망할 것이다. 그러므로 닻줄을 던져라. 안전한 항구를 떠나 항해하라. 당신의 닻에 무역풍을 가득 담아라. 탐험하라. 꿈꾸라. 발견하라."

변하고 싶지만, 노력하는 건 너무 힘든가요?
'했던 일'보다 '하지 않았던 일'로 실망하게 된다는 사실을
기억해주세요.

일단 1천 시간만 투자해보는 겁니다.
고작 1년만 훈련해도, 이후 10년, 나아가 20년, 30년이
달라질 수 있으니까요.

사실 100시간만 제대로 훈련해도
전과는 전혀 다른 사람이 됩니다!

자신이 속한 무리를 떠나세요

    야생의 늑대는 3년 정도 자라면 무리를 떠납니다. 안락한 가족의 품을 벗어나, 자신처럼 무리에서 나온 이성의 늑대를 만나 새로운 무리를 이루게 되죠. 이러한 방식을 통해 늑대는 유전적 다양성을 확보하고 한 무리의 엄마와 아빠로 성장합니다.

    우리도 성장하기 위해선 익숙한 무리에서 벗어나야 할 때가 있습니다. 꿈 없는 사람끼리, 책 안 읽는 사람까지, 변명하고 남 탓하는 사람끼리 모여 있으면 아무것도 바꿀 수 없거든요. '당신이 만나는 사람들의 평균 연봉이 당신 연봉이다'라는 말이 있습니다. 만약 자신이 속한 무리가 꿈도 희망도 열정도 없다면, 그곳을 떠나야 해요. 그리고 꿈 있는 사람끼리, 책 열심히 읽는 사람끼리,

변명 안 하고 매일 반성하는 사람끼리 모여 있는 곳으로 가야 합니다.

저도 예전에 정말로 많이 노력했던 부분입니다. 지금 속한 곳에서는 다른 사람들이 처음에 알던 그 모습으로만 저를 기억할 뿐이기에, 계속 그곳에 있을 수 없었습니다. 책을 읽고 계속 성장하는 제 모습을 못 보고, 예전의 저로만 대했으니까요.

저는 과거의 제 모습, 제 상황에 만족할 수 없었고 '변화하자! 성장하자!'라고 다짐했었기에, 과감히 무리를 떠나 더 나은 환경으로 뛰어들어 배움을 이어갔습니다. 그 선택은 옳았습니다. 새로운 좋은 사람들을 수없이 알게 되었고, 예전에 친했던 사람들도 여전히 만날 수 있었거든요.

성장 속도가 빨랐기에 들어간 곳에 몇 달 이상 머무르지 않았던 것으로 기억합니다. 몇 달이 지난 후 저는 이만큼 성장했는데 다른 이들은 비슷하다고 생각되면, 또 새로운 곳으로 옮겨갔습니다. 계속 자극을 주어야 성장합니다.

'컴포트존(comport zone)'이라는 용어가 있습니다. 컴포트존은 인간이 낮은 수준의 걱정과 스트레스를 느끼며 환경을 통제할 수 있는 공간을 가리키는데요. '안전지대'라고도 번역되죠. 동물원이라고 생각해도 좋아요. 동물원에 갇혀 있는 동물들은 안전하지만 한계가 있죠. 동물원의 동물들은 갇힌 것이지만, 사람이 컴포트존에서 나오느냐 머무느냐는 본인 의지입니다. 편하게 있는 만큼 대가를 치르게 되어 있습니다.

어떠세요? 혹시 마냥 편하게 있을 수 있는 곳에서 걸어가고 있나요? 아니면 자극과 도전, 그리고 조언을 주는 곳에 계속 뛰어들고 있나요? 누가 먼저 불러주지 않습니다. 본인이 찾고 뛰어들고 배워야 해요.

정말로 성장하고 싶다면,
정말로 자신을 변화시키고 싶다면,
익숙한 무리를 떠나세요.

3장

우물 밖 세상

'새로운 나'와 마주하는 연습

주로 누구와 대화하세요?

지하철에서 옆자리에 앉은 중년 남성들의 이야기를 듣게 됐습니다. 전형적인 평범한 아저씨들의 대화였습니다. 어제도, 오늘도, 내일도, 내년에도 그대로 반복되는 이야기 말이에요.

"주말에 뭐 했어?"
"똑같지 뭐. 집에서 스마트폰 하다가 마누라에게 잔소리만 들었다. 쉬지도 못하냐. 지긋지긋하다."

또 어느 날은 집에 가는 길에 옆자리 여성분이 전화하는 것을 듣게 되었습니다.

"그러게… 너나 나나 인생 참 불쌍하다. 어쩌다 직업도 이런 걸 골라서… 다 그런 거지, 뭐. 힘내…"

들으면서 이런 생각을 했습니다. '만약 대화의 상대가 세종대왕 이라면, 중견기업 CEO라면, 공자라면 어땠을까' 하는 것이었습니다.

"대표님은 주말에 뭐 했어요?"
"《노자 마케팅》이란 책을 읽었습니다. 마케팅에 있어 경쟁하려 말고 내가 누구인지, 우리 회사의 상품이 무엇인지를 새롭게 정의 하라고 말하더군요."

"세종대왕님은 하고 싶은 것만 할 수 있어 좋겠어요?"
"내 아들 둘과 딸이 스무 살도 되기 전에 죽는 것을 보고만 있 어야 했습니다. 많은 친척들이 사형을 당하고 귀양을 갔지요. 만 약이지만, 당신은 가족이 억울하게 죽임을 당하면 어떻게 살 건가요? 물론 나도 많이 괴로웠습니다. 하지만 괴로운 마음만 달 래고 있을 수는 없었지요. 백성들을 위해 공부해야 했습니다. 하루 5시간만 자고 5시간씩 독서했습니다. 하루 10시간씩 일했지요."

어떤가요? 대화를 나누는 대상이 더 현명한 이라면 좋지 않을까요? 하지만 위인이나 큰 회사의 경영자들은 직접 만나서 얘기하기는 힘들죠. 다행히도 그들의 말을 들을 수 있는 방법이 있습니다. 책이지요. 책을 읽으면 그들의 생각을 접할 수 있으니까요. 책의 내용을 '나랑 관련 없는 남의 이야기'라고 여기는 대신에 '내가 너무나 대화해보고 싶은 그 사람이 오직 나를 위해 이야기해주는 것'이라 생각해보면 어떨까요?

언론에도 많이 소개된 연매출 300억원의 한 기업 대표분과 종종 대화를 나누고 있습니다. (그분도 저도 책을 출간했고, 강의를 다니다 만나게 되었어요. 직접 대화함으로써 책에서는 접하지 못했던 새로운 이야기들을 실시간으로 나누게 됩니다.) 그분이 자주 하는 말이 있어요.

"모태솔로들은 모태솔로끼리 다녀요. 그리고 서로 조언해줘요. 그게 도움이 되겠어요? 옷을 못 입는 친구들은, 똑같이 옷을 이상하게 입는 친구끼리 다녀요. 그리고 백화점 가서 서로 옷을 골라줘요. 그게 도움이 되겠어요? 나은 이들을 만나세요. 나은 이와 소통하세요. 끼리끼리 소통하면 망합니다!"

제가 앞에서 말한 것과 같은 맥락이죠?
여러분의 눈을 바라보며 질문하고 싶네요.

요즘 누구와 주로 대화하세요?

오늘 누구와 가장 많이 대화했나요?

*

긍정적 순환 vs 부정적 순환

이 세상 모든 것이 순환이란 생각이 들었습니다.

칭찬을 받고 싶으면, 칭찬을 하면 됩니다.
존경을 받고 싶으면, 존경을 하면 됩니다.
사랑을 받고 싶으면, 사랑을 하면 됩니다.

그리고

도움을 받았다면, 감사하다고 표현하세요.
감동을 받았다면, 감사하다고 표현하세요.

깨달음을 얻었다면, 감사하다고 표현하세요.

그러면 흐름이 더욱 커지고, 긍정적 물길을 만들게 됩니다. 물 흐르듯 스스로에게 돌아오겠지요. 부정적 순환도 마찬가지입니다. 비난과 미움을 남에게 표현하면, 그 에너지는 결국 본인에게 돌아오게 되어 있습니다. 그러므로 부정적 에너지는 과감히 끊어버리세요.

긍정적 순환의 멈춤이 되고, 부정적 순환의 시작이 되는 것은 누구나 합니다. 긍정적 순환의 시작이 되고, 부정적 순환의 멈춤이 되세요. 이것이 좋은 사람이겠죠.

그런데 앞의 생각을 접하고 '그래, 해보자' 하고 시도하다보면, 오래 유지하기가 힘들다는 사실을 경험할 거예요. 나는 분명 칭찬을 했는데 상대는 반응이 없을 수 있고, 나는 욕을 먹어도 참았는데 상대가 다시 욕을 하는 경우도 있겠지요.

그래서 더욱 도움이 될 생각을 알려드릴게요. 제가 많은 책을 읽어보고 다양한 사람을 만나보니 세상 사람들의 85퍼센트 정도는 'taker'라는 사실을 알게 됐어요. 나머지는 5퍼센트 정도의 'giver'와 10퍼센트 정도의 'give&taker'입니다. (아마 정확히는 taker 의 비율이 더 높고 giver의 비율은 더 낮을 거예요.)

taker는 말 그대로 얻으려는 자들입니다. 일반적인 사람들이죠. 본인의 이익만을 주로 생각합니다.

giver는 일반적으로 우리 주위에선 보기 어려워요. 본인의 이익을 생각하지 않고 주기만 하려는 사람들입니다.

give&taker는 주고, 다시 받는 사람들이죠.

이것을 앞의 생각에 적용하면, 긍정적 순환을 시작하되 give&taker의 그룹에서 하면 더 좋을 거란 뜻입니다. give를 taker의 무리에서 하면, 스스로 긍정적 순환을 시작한 것은 맞습니다. 자신의 에너지를 끌어올리는 연습이 되는 것은 맞아요. 하지만 좋은 순환이 돌아오지 않을 확률이 높습니다. 일반적인 사람으로서는 지치는 행위죠. 하지만 give&taker 그룹에서 give를 하면 좋은 것이 돌아올 확률이 높아요. 서로 주고받는 사이가 되는 거죠. 당연히 긍정적 시너지가 날 확률이 높겠죠?

이런 성향은 타고나기도 하지만 연습을 통해서도 가능합니다. 저도 전형적인 taker로 시작했습니다. 사람들을 만나면 첫 인사말이 '안녕하세요. 정회일입니다. 저는 돈이 없어요'였던 적이 있어요. 대놓고 '도와주세요'라고 말한 것은 아니지만, 속뜻은 '좀 도와달라'는 것이었죠. 그런데 사람들이 자꾸 떠나더라고요.

그래서 give를 연습했습니다. 사람을 만나면 무엇이든 장점을 찾아 칭찬해줬어요. 그러자 조금 더 관계가 진전되었습니다. 제가 기술을 익히고 연습해서 상대에게 도움을 주려고 하다보니, 좋은 분들을 만나게 되고 빠르게 성장하게 됐지요.

창업을 하고 회사를 경영하면서 다른 경영자들과 교류하게 됐습니다. 일반적으로 학창시절에 제가 봐온 형제들은 매일 치고받는, 가장 최악의 자녀 구성이랄까요? 암튼 정말 별로였어요. 그런데 제가 경영하면서 알게 된 형제분들은 달랐습니다. 한 형제는 천억 가치의 메디컬기업을 만들었고, 다른 형제는 창업한 회사를 야놀자에 600억원에 매각했어요. 형제끼리 서로 도와주다보니 큰 시너지가 난 것이죠.

물론 꼭 피가 섞인 가족끼리만 가능한 일은 아니에요. (혈연과는 별 관련이 없다고 생각하셔도 좋아요. 혈연이지만 서로 뜯어먹으려다 엉망진창이 된 집안도 많이 봐왔습니다. 유산을 물려받겠다고 부모 집에 찾아가서 문을 뜯어낸 자식도 있었어요.) 지금 저와 많이 교류하는 이지성 작가님도 사실 (당연하지만) 저와 아무 사이도 아니었지요. 또한 사회적으로 알려지진 않았지만, 현재 제 주위엔 마치 형제나 남매같이 계산하지 않고 여러 면에서 챙겨주는 좋은 이들이 많이 있답니다. 제가 원래 좋은 사람이어서 생긴 인맥이 아니라, 제가 능력을 갖추고 주는 연습을 하다보니 만들어진 인맥입니다.

주위에 자꾸 챙겨주고, 도움을 주려는 이들이 있나요?

없더라도 괜찮아요.

당신이 먼저 giver가 되세요.

긍정적 순환의 첫걸음이 되세요.

씨앗을 뿌리다보면 꽃으로 피어날 거예요.

당신이 부러워하는 이는 좋은 사람일까요?

저는 늦은 나이에 처음 꿈을 찾기 시작했고, 수년간 공백이 있었기에 더욱 '빠르고 효율적으로' 부자가 되는 법을 알고 싶었습니다. 남들이 다 하는 방법으론 승산이 없을 것 같았고 좋은 선생을 만나고 싶었습니다. 그러나 아무 능력이 없는 저를 누가 만나줄까요? 그래서 독서를 열심히 시작했죠. 책을 통해 부자가 되는 다양한 법을 탐색했습니다. 일단 수십억, 수백억을 자랑하는 부자들의 이야기를 경험할 수 있었는데요. 어느 정도 접하다보니 '돈을 위해선 수단 방법을 가리지 말고 다 해라' '다른 이를 일일이 배려하며 부자가 될 수 없다. 기회가 보이면 무조건 밟고 네 것으로 만들어라' 같은 가치관을 알려주는 책(부자)들이 많았습니다.

이건 아니다 싶었죠. 그래서 아름다움이 느껴지는 다른 책(부자)들을 찾기 시작했습니다. '남에게 도움되는 일을 해라' '가지려고만 하지 말고 먼저 남에게 주어라' 같은 메시지의 책을 읽게 되었고, 그 내용이 훨씬 좋게 다가왔죠. 그래서 그런 책들을 반복해서 읽었습니다.

그리고 실제로 저자들을 만나기 시작했습니다. 사실 제가 현실적으로 부자를 만날 확률, 당시 백수였던 제가 선한 부자를 만날 수 있는 가능성은 0퍼센트에 가까웠습니다. 그럼에도 계속 노력한 끝에 조금씩 부자(라고 주장하는 이들)들을 만날 수 있었습니다. 만남 이후 당황되는 순간도 많았죠. 책에선 좋은 소리를 하지만, 실제로 보니 인품이 별로거나 돈을 빌려달라고 하거나… 그런 과정을 거쳐 정말 어렵게 어렵게 저를 순수하게 가르쳐주는 이들을 만나고 빠르게 성장할 수 있었습니다.

예전보다 돈 버는 기술들이 다양해지고, 노하우도 훨씬 빠르게 공유되고 있습니다. 어떻게 보면 일반인들을 현혹할 수 있는 기술이 보급화됐다고 할까요? 부자가 되는 법을 공부하는 적잖은 이들이 '돈 많이 벌게 해준다'라는 '자칭 부자들'에게 휩쓸리는 모습을 보곤 합니다. 생각해보죠. 돈을 많이 벌게 해준다는 그 사람, 정말 좋은 사람일까요?

1. 돈을 많이 벌었다고 스스로 주장하는 이.

2. 세상에 도움되는 상품을 만든 이.

3. 세상에 도움되는 상품을 만들고, 실제로 수익금을 기부하는 이(그렇게 주위에 좋은 인맥이 형성되어 있는 이).

4. 세상에 도움되는 상품을 만들고, 실제로 수익금을 기부하면서, 더 나아가 그 기부금이 어디에 쓰이는지 정확히 파악하고 개선점이 있다면 개선하는 이.

이 중 어느 부류가 더 나을까요? 물론 사람이기에 100퍼센트 완벽할 수는 없지요. 하지만 기왕이면 더 나은 쪽을 알아보고 택하고 따라할 수는 있지 않을까요?

결국 우리는 스스로 먼저 좋은 가치관을 설정해야 합니다. '일단 돈부터 벌고 보자'라는 마인드를 가졌다면, 어렵고 골치 아픈 것은 제치고 '쉽게 내 목표만 달성하고 보자' 하며 안 좋은 이를 롤모델로 삼을 가능성이 높지 않을까요?

빠르고 효율적으로 부자가 되고 싶나요?
그럴수록 스스로 먼저 좋은 가치관을 설정해야 합니다.

내 안의 답

"내가 뭘 좋아하는지 모르겠어."

"내가 뭘 하고 싶은지 모르겠어."

"내가 왜 화나 있는지 모르겠어."

"내가 왜 사는지 모르겠어."

우리는 이런 생각과 말을 참 자주 합니다. 그런데 정말 모를까요? 혹시 모르고 있다며 자신을 위안하고 속이는 것은 아닐까요? 모든 거짓 중에서 으뜸가는 가장 나쁜 것은, 자기 자신을 속이는 일이라는 말이 있죠. 이미 우리는 답을 알고 있습니다. 쓸데없는 일로 바빠서 내면의 소리에 귀기울인 적이 없었을 뿐이죠.

저는 모든 답은 이미 제 안에 있다는 사실을 알게 되었습니다. 조용히 마음의 소리에 집중하면 그 답을 들을 수 있지요. 그 소리를 듣지 않고. 온갖 부정적 메시지들에 둘러싸여 있으면 답을 찾을 수 없게 될 뿐입니다.

그런데 몇 년 뒤 특강을 하다 더 좋은 답을 찾았어요. 모든 답이 내 안에 있는 것이 맞기도 한데, 내가 보고 들은 것들이 무의식중에 다 기억되기 때문에 내면의 내가 현명한 답을 주려면 결국 보고 들어둔 것이 많아야 한단 것이었죠.

즉 '내 안의 답=그동안 내가 보고 들어온 것 중 가장 좋은 것'이랄까요? 보고 들은 것이 100개인 A라는 사람과 보고 들은 것인 1천 개인 B라는 사람의 내면의 답은 다를 수밖에 없단 것이죠. 하지만 보고 들은 것이 많아도 마음의 소리에 A가 귀를 기울이고 B는 기울이지 않는다면, 또 다른 결과가 나올 테고요.

'내가 뭘 하고 싶은지 모르겠다'고요?

마음의 소리에 귀기울여보세요.

답은 우리 안에 있습니다.

나에 대한 관점이 바뀌다

　자신감은 저의 가장 큰 문제 중 하나였습니다. 전보다 많이 나아진 지금도 여전히 어렵긴 합니다. 아주 개인적인 이야기이면서도 여러분에게 도움이 될 수 있는 이야기를 공유해보려고 해요. 그중에서도 목소리 이야기입니다.

　여러분은 자신의 얼굴, 몸매, 목소리, 성격이 마음에 드세요? 자신에게 주어진 것이 100퍼센트 마음에 드는 분은 많지 않을 텐데요. 제 경우에는 목소리가 큰 콤플렉스였습니다. 학생 때 저는 목소리로 인해 정말 오해를 많이 받았어요. 타고난 목소리도 중저음이 아니었는데, 말하기도 자신의 성격(자신감)을 표현하는 일인 만큼 부끄러움이 많았던 저는 작게 말할 때가 많았습니다. 전화를 받으면 상대측에서 '본인 맞느냐? 왜 여자가 받느냐?' 한 적이 많았죠. 중고등학교 때는 친구들이 '누나'라고 놀리기도 하고, 아무튼 스트레스가 참 많았습니다.

그래서 자신감을 기르고자 길에서 발성 연습을 하는 등 한참을 노력했습니다. 성격을 바꿔보려고 많은 모임에도 나갔습니다. 다양한 '새로운 모임'에 나가면서 '새로운 나'를 만나려는 연습을 한 건데요. 이것도 매번 고통의 연속이었습니다. 새 모임에서는 저를 소개해야 하는데, 나름 크고 자신 있게 말해도 사람들이 못 알아듣는 일이 빈번했어요. 목소리와 성격을 고쳐본다고 시도하면, 오히려 자신감이 더 줄어드는 일의 반복이었죠.

그러다가 한번은 아카펠라 모임에 나갔습니다. 아카펠라는 악기 없이 사람들의 목소리로 화음을 맞추는 걸 말해요. 남자의 경우 하이테너, 테너, 바리톤, 베이스로 음역을 나눠요. 문을 열고 들어가서 '안녕하세요…' 인사하는데 사람들이 난리가 났습니다. '우와! 대박! 귀한 하이테너다!' 하며 너무 좋아하는 거예요.

그날 관점이 조금 바뀌었습니다. 제 목소리가 개성 있고, 필요한 곳이 있을 수 있다는 생각이 들었습니다. 이후 자신감이 조금 생겼고, 다양한 모임에 더욱 열심히 참여하며 계속 연습했죠. 이렇듯 수많은 경험을 하며 다른 관점을 갖게 되니, 제 목소리가 더 이상 콤플렉스로 생각되지 않고 '그냥 이게 나'라는 관점이 생겼어요.

이 부분은 영어 학습에 있어서도 적용 가능했습니다.

'나는 해외 경험이 없다(콤플렉스) → 나는 한국인을 잘 이해한다
(강점)'

여전히 저는 말하는 것이 쉽지 않습니다. 아직도 라이브 방송
등을 하면 실수가 많죠. 하지만 계속 노력합니다. 다양하게 경험
하고 꾸준히 노력하면 나아질 거란 이야기를 전하고 싶었습니다.
목소리를 바꾸었단 이야기가 아닙니다. 개선을 위해 많은 경험과
노력을 하다보면, 예상치 못한 곳에서 변화의 포인트가 생길 수
있다는 이야기죠.

여러분은 무엇에 자신이 있나요?
또 무엇에 자신이 없나요?

중요한 것은
관점과 경험, 그리고 노력입니다.

지금 내 모습은
내가 선택해온 것들의 결과입니다

《폰더 씨의 위대한 하루》라는 책이 있습니다. 평범한 중년 남성인 주인공 폰더는 하루아침에 회사에서 짤리고 딸마저 병원에 입원하게 되면서 재정상황이 급속도로 나빠집니다. 갑작스럽게 닥친 절망을 겪으며 그는 과거로의 여행을 떠나게 되고, 전 미국 대통령 해리 트루먼, 탐험가 콜럼버스 등을 만나 삶의 지혜를 배우게 됩니다. 책을 읽으면 보물찾기를 하듯 명문장을 발견하고자 애쓰는 제게 이 책은 완벽한 보물섬이었습니다.

"나는 내 과거에 대해 모든 책임을 진다. 오늘날 심리적으로 육체적으로 정신적으로 재정적으로 이렇게 된 것은 내가 선택한 결단의 결과다."

- 해리 트루먼, 전 미국 대통령

"나는 인간에게 부여된 가장 큰 힘, 즉 선택의 힘을 갖고 있다. 오늘 나는 어떠한 경우에도 물러서지 않는 것을 선택한다."

- 가브리엘 대천사

과거 인물과의 조우를 통해 폰더 씨가 발견한 지혜는 '내 인생은 내가 선택한다'라는 메시지였습니다. '지금 내 모습은 내가 선택해온 것들의 결과'라는 사실을 깨닫고 인정하면, 삶에 정말 큰 변화가 생길 거예요. 저도 만일 이것을 깨우치지 못했다면 아직도 누워서 세상을 저주하고 있겠죠. 병이 있거나 경제적으로 힘든 분들은 아마 처음에는 마냥 거부하고 부인할 겁니다.

'아니, 내가 왜? 내가 가난을 선택할 리가 있어? 병이 생긴 것도 내 잘못이라고? 내가 무슨 죄를 얼마나 많이 지었다고!'

맞아요. 가난한 집에서 태어나거나 한 것은 우리가 선택할 수 있는 부분이 아니죠. 그것은 바꿀 수 없는 문제입니다. 하지만 이런 문제에 대처하기 위한 생각과 행동은 전적으로 우리의 몫이에요. 가난과 허약함을 극복하기 위해서는 긍정적 태도를 취해야 합니다. 그렇지 않다면 결국 우리가 제 발로 고난의 길로 들어 갔다는 뜻이며, 그 결과 지금의 모습이 있는 겁니다. 가난과 질병을 가지고 태어난 것은 본인의 선택이 아니었지만, 이에 대처하는 방법은 자기가 선택하고 결정할 수 있습니다. 모든 문제를 외부 탓으로 돌리면 해결되는 일은 아무것도 없습니다.

'지금 내 모습은 내가 선택해온 것들의 결과입니다.'
이 생각을 접한 것이 아마도 제 인생을 바꾸어놓은 3가지 사건 안에 들어갈 듯합니다. 저도 처음엔 가난과 병이 찾아온 것이 제 탓이 아니라는 생각에만 사로잡혀 있었습니다. 하지만 곰곰이 생각해보니 그 이후의 대응은 제가 선택한 게 맞았습니다. 괴로웠지만, 인정하고 나니 변화된 제 모습을 볼 수 있었습니다.

지금껏의 선택들이 잘못되었다고 해도 괜찮습니다. 앞으로의 선택을 통해 미래는 얼마든지 바뀔 수 있으니까요. 폰더 씨 역시 "나는 결단한다. 절망하고 포기하기보다는 희망과 용기를 갖기로"라며 자신의 삶을 바꿀 위대한 선택을 내렸습니다. 어떤 선택을 하느냐에 따라 삶의 내용이 달라진다는 진리를 잊지 마시기 바랍니다.

'내 인생은 왜 이 모양일까' 싶으신가요?

지금 내 모습은 내가 선택해온 것들의 결과입니다.

그러니 앞으로의 선택을 바꿔간다면

인생도 당연히 바뀔 수 있어요.

있는 그대로

저는 영어 전공자도 아니었고, 해외연수를 간 적도 없는 사람입니다. 그래서 영어를 가르치기 시작하고 한동안 참 많은 상처를 받으며 도전해왔습니다. 부끄러움이 많은 성격 탓에 사람들 앞에 서면 긴장을 많이 합니다. 어떻게 본다면 저는 이제 막 걸음마를 뗀 시작 단계에 있는 상태입니다. 부족한 부분이 없을 리 없죠. 하지만 그렇기에 더 생생히 공감 가는 이야기를 들려줄 수 있을 거란 마음으로 도전을 계속하고 있습니다.

그런데 제 강의에서 배울 점을 찾아내기보다 고칠 점과 비평할 점을 찾기 바쁜 분들, 너무 적극적인 나머지 그런 것들을 상세히 메일로 보내주시는 분들, 심지어는 비난성 메일까지 보내시는 분들로 인해 악몽도 꽤 꾸었습니다.

저라고 다른 많은 멋진 강사분들처럼 세련된 강의를 하고픈 마음이 없을까요? 아무리 준비하고 목차를 열심히 정리해도, 사람들 앞에만 서면 아무 생각도 나지 않고 무슨 말을 해야 할지 모르겠는 순간들이 자주 찾아옵니다. 그러다 이번에 특강을 준비하면서 한 가지를 배웠습니다.

'그래. 강의하는 방식도 내 모습과 스타일 중 하나겠구나. 조금 산만하고 어디로 튈지 몰라. 정리가 잘 안 되지. 그렇지만 내 경험에서 나오는 진정성이 누군가에게는 힘이 될지도 모른다.'

이렇게 생각하고 나니 마음이 훨씬 편해졌습니다. 자기 모습을 인식하고 인정하고 나면, 혹 실수를 하더라도 마음이 훨씬 편안합니다. 부족한 모습에서 멈추겠다는 것이 아닙니다. 일단 시작점을 알았으니 그곳에서부터 꾸준히 조금씩 노력해나가면 된다는 겁니다. 실수하더라도 그런 자기 모습을 이해하고, 심지어는 토닥여주며 갈 수 있게 되고요.

우리는 너무 자주, 스스로에게 완벽한 모습을 기대하다 실망하고 자책하지 않나요? 자신의 부족한 모습에 실망하고 포기하지 마세요. 지금 당신의 위치를 객관적으로 인정하고 용기내어 시작하세요. 그때야말로 진정한 성장이 시작됩니다.

자신을 있는 그대로 인정하세요.

그때 진정한 성장이 시작됩니다.

자신감과 자만심 사이

제가 처음으로 자신감과 교만함에 대한 생각을 시작한 것은 노래 연습을 하면서였습니다. '나는 잘할 수 있어'라고 생각하며 노래를 해야 하는데 자신감이 없으면 소리조차 못 내게 됩니다. 위축되는 거죠. 반대로 내가 노래를 잘한다고 '착각'하는 순간이 오면, 교만한 마음에 누구의 노래를 들어도 배울 점이 없게 됩니다. 자기가 제일 잘하는 줄 착각하고 있으니까요.

실력과 노력 둘 다 부족해서 자신감은 없으면서 자존심 때문에, 교만한 마음에 배우지 못하는 경우가 있습니다. 누구를 만나도, 어떤 책을 읽어도 배움이 없게 되지요. 《논어》에 이런 내용이 나옵니다.

자공이 물었다.

"사와 상, 누가 더 현명합니까?"

공자가 말했다.

"사는 지나치고, 상은 부족하지."

…

"그러면 사가 낫습니까?"

…

"지나친 것은 모자란 것과 마찬가지네."

불교에도 '중도(中道)'란 말이 있지요. 어느 한쪽으로 치우치지 않는 것이 중요합니다. 자신감이 과하면 자만해지고, 자신감이 부족하면 열등감이 생깁니다. 둘 다 앞으로 나아가는 것을 어렵게 만들지요.

우리가 살아 있는 동안엔 우리도, 세상도 계속 변합니다. 사람이 항상 중도를 지킬 수는 없죠. 비행기는 비행시간의 상당수를 궤도에서 조금씩 이탈한다고 합니다. 바람과 기상조건 등의 변수가 있으니까요. 하지만 목표를 확인하며 계속 궤도에 맞춰가는 것이죠.

우리 인생도 마찬가지겠지요. 평생을 정확히 중도를 지킬 수는 없겠지만, 계속 중도를 의식하거나 관리하지 않으면 거기서 심하게 벗어나게 됩니다. 열등감이 과해서 시도조차 안 하며 인생을 보내기도 하고, 자만심이 과해서 배우려고 하지 않으며 인생을 보내기도 합니다.

시도조차 안 하는 시간이 길어지면 그것을 인지하고 인정해야 합니다. 이때 내가 더 부족했던 시기를 생각하거나, 기본기 연습을 하거나, 나보다 부족한 이들을 돌보는 일이 도움될 수 있습니다.

잘 배우지 못하는 시간이 길어지면 (이것이 참 어려운데요) 더 나은 무리에 가서 체험해보는 일이 도움될 수 있습니다. 우물 안 개구리가 화난 상태로 있는 이유는 우물 밖으로 나가본 적이 없기 때문이거든요.

일본의 최고액 납세자로 유명한 사이토 히토리의 《운 좋은 놈이 성공한다》라는 책에 이런 이야기가 나옵니다.

인간은 끊임없이 배운다. … 이 과정은 계단과 같은 모양이라 빨리 올라갈 수는 있지만 그냥 넘어갈 수는 없다. 만약 배우고 싶지 않은 단계라고 그냥 서 있기만 하면 그 이상의 것을 배울 수가 없다. … 타인에게 충고나 도움을 받으면 분명 더 빠른 시간에 그 단계를 거칠 수 있다.

인생이 개선되는 속도가 느리다고 생각한다면, 위축되어 있거나 자만한 상태는 아닌지 돌아보세요. 내가 부럽다고 생각하는 이들의 행동을 매일 따라서 실천하기 어렵다면, 위축되어 있는 상태일 수 있어요. 한 달에 한 번 이상 자기보다 나은 자를 찾아 만나고 있지 않다면, 자만한 상태일 가능성이 높습니다. 우물 안 분노한 개구리처럼요. 둘 다 나 자신에게 좋지 않습니다. 밸런스를 맞추어보세요.

정말 힘든 일이 찾아왔을 때
깊이 생각해보세요.
세상이 잘못한 건지, 내가 잘못한 건지.

자신감은 높이고
(노력이나, 착한 일을 하면 높아집니다)
교만함은 버리세요.
겸손해지세요.

'현명한 의견에 귀기울일 줄 아는 마음'

'아름다운 부자가 되고 싶다'며 제게 배움을 요청하는 이들에게 반복적으로 강조하는 것이 '겸손'입니다. 그런데 이 겸손은 보통 우리가 생각하는 '조용하고 나서지 않는 태도'가 아닙니다. 일반적으로 우리들은 '김 대리, 이번에 최고 실적을 냈어. 대단해!'라는 말을 들었을 때, '에이, 교육 덕분이죠. 제가 한 것이 있나요~' 정도의 태도를 '겸손'이라고 생각합니다.

《성경》〈마태복음〉21장에 이런 구절이 나옵니다.

어떤 사람에게 두 아들이 있었다. 그가 먼저 맏아들에게 '애, 오

늘 포도원에 가서 일하여라' 하였으나 그는 '예, 가겠습니다' 하
고 대답만 하고는 가지 않았다. 그가 둘째 아들에게도 가서 같
은 말을 했는데 그는 '싫습니다' 하고 거절하였으나 뒤에 뉘우
치고 갔다.

즉 맏아들은 말로는, 태도로는 아버지의 말을 듣는 듯했으나 실
제로 행동하지는 않았죠. 둘째 아들은 말을 듣지 않는 듯했으나
마음을 바꾸어 행동으로 옮겼죠. 이렇게 본인의 생각을 내려두고,
얘기를 들은 대로 행동하는 것을 '겸손'이라고 표현한 것이에요.
사실 '순종'이라는 단어에 대해 거부감을 느끼는 이들이 많아, '겸
손'이라는 단어로 말하는 측면도 있습니다.

이 겸손의 뜻을 전달하기 위해 많은 고민을 했습니다. 처음엔
'남의 말에 귀기울일 줄 아는 지혜'로 정의했습니다. 그런데 더 생
각해보니 남의 말에 귀기울일 줄 모르는데 지혜가 생길 리 없다는
생각이 들었습니다.

그래서 '남의 말에 귀기울일 줄 아는 마음'으로 바꾸었다가 소
위 '팔랑귀(남의 말이면 다 들어서 휘둘리는 이들)'와 구분하기 위해 '다른
이의 현명한 의견에 귀기울일 줄 아는 마음'에 이르렀습니다.

이런 마음이 없으면 좋은 책을 접해도 제대로 읽기가 힘들어집니다. 읽더라도 책의 내용에서 꼬투리를 잡고, 자신을 방어하는 데 에너지를 쓰게 되죠. '내 생각이 틀릴 수도 있겠지? 저 생각이 맞을 수도 있겠어'라는 마음이 있어야 진정 배울 수 있습니다. 구체적 사례를 적어볼게요.

저는 빠르게 성장하는 법에 대해 많은 연구를 했습니다. 제게 많은 가르침을 주신 이지성 작가님도 '빠른 성장법'에 대해 깊이 연구했지요. 저나 이지성 작가님이나 빚은 많았고, 꿈과 현실의 격차는 컸으니까요.

이지성 작가님이 엄청나게 유명해지기 전, 그러니까 무명작가로 교사를 병행하던 시기에도 이미 많은 언론, 커뮤니티에 멘토로 소개되어 무수한 청년들이 찾아갔습니다. 수년간 수천 명이 찾아가서 조언을 구했습니다. 그러나 작가님이 의견을 주면 대부분 앞에서만 '네' '할게요' 답하고 행동하지 않았습니다. 뒤에서 기분 나쁘다며 욕하고 다니는 경우도 많았습니다.

처음으로 이 작가님의 조언을 행동으로 옮겨서 해낸 사람이 저였지요. 그리고 저도 빠르게 성장했습니다. 이후 저도 언론에 소개되면서 수천 명의 사람들이 조언을 구하는 일이 생겼습니다. 하지만 같은 일이 많이 반복되었습니다. 의견을 주면 행동으로 옮기지 않습니다. '쓴소리만 한다'며 기분이 상해서 떠나는 이들이 대다수입니다. '지금 방법이 틀렸다. 그 노력으론 어렵다'라는 말에 기분이 상할 수 있다는 것은 압니다. 하지만 이것은 사실일 뿐입니다. 사실을 겸손히 받아들이지 않으면 성장은 불가합니다.

하던 것만 하고 있다면,
살던 대로 살게 됩니다.

한국, 중국, 일본 모두 '내 나라가 최고다'라는 생각으로 쇄국정책을 택했었지요. 그리고 모두 다른 나라에 침략당하게 됐지요. 일본이 먼저 서양에 당하고, 서양의 노하우를 받아들였습니다. 배워야 성장합니다. 배움의 태도를 '겸손'이라고 말하고 있는 겁니다.

겸손은 말로만 '네' 하는 것이 아닙니다.
배움을 마음으로 받아들이고,
행동으로 실천해야 진정한 겸손입니다.

125

비난과 비판의 차이

'남이 내게 하면 기분 나쁠 말을 스스로에게 하지 마세요'라는 이 책의 내용을 인터넷 커뮤니티에 올려봤어요. 많은 조회 수가 나오면서, 정말 많은 분들이 '위로가 됐다'라고 댓글을 남겼습니다. 그중 이런 댓글이 눈에 들어왔습니다.

'인터넷엔 비판적인 글만 많은 줄 알았는데, 이런 글을 보게 될 줄 몰랐네요. 감사해요.'
'스스로에게 비판적이어야 잘되는 줄 알았어요. 앞으로 비판을 멈춰야겠어요.'

무슨 의도인지는 알지요. 그런데 문제가 무엇인지 파악되세요? 대다수의 사람들은 '비판'과 '비난'을 구분하지 못합니다. (자신에게 비판적이어야 잘됩니다.) '나를 향한 좋은 말'은 칭찬, '나를 향한 나쁜 말'은 '비판=비난'으로 생각하는 듯 해요.

사전적 정의를 보면
비판은 '사실을 근거로 지적하는 것'
비난은 '남의 결점을 나쁘게 말하는 것' '책임을 누구의 탓으로 하는 것'이라고 나옵니다.
즉 비판은 '사실'이라는 것이죠.

실제 제 경험담입니다. 독서법에 관한 책을 내고, 초기에 외부 특강을 갔을 때의 일입니다. 같은 청중을 대상으로 2회간 특강을 하게 됐어요. 저는 지금도 말을 잘 못하지만 초기엔 더 못했습니다. 열심히 준비했지만 떨려서 첫 강의에 여러 번 실수했습니다. 2회차 강의를 하러 가니 담당자분이 '내용은 좋은데 목소리도 작고 자신감이 없다는 의견이 많았어요. 더 자신 있게 해주세요'라고 말했습니다. 순간 '저 원래 목소리 작은데요!'라고 말하고 싶었지만 참고 '네, 알겠습니다!'라고 답했습니다. '목소리가 작다'는 의견은 말 그대로 의견이거든요. 누구 탓을 하는 것이 아닙니다.

'내 잘못이 아니야' '나한테 왜 이래?'라고 생각하면 나아질 수 없지요.

비난은 '하는 사람'의 잘못이고, 비판은 '못 받아들이는 이'의 잘못입니다. 비난은 할수록 못난이가 되고, 비판은 안 받아들일수록 못난이가 됩니다. 팩트는 사실이죠. 사실을 말하고 사실을 듣는데 왜 상처가 될까요? 사실을 직시하지 않고 회피하고 있으니 상처가 되는 것 아닐까요? 마치 내 얼굴에 검댕이 묻어 있는데, 누군가 내게 거울을 보여주면 그 사람을 탓하는 일과 같은 거죠.

비난(거짓)을 받아들이면 상처가 되고, 사실(비판)을 받아들이지 않으면 환상 속에 살게 됩니다. 비난을 많이 하는데 좋은 사람일 리가 없고, 비판을 받아들이지 않는데 능력 있는 사람일 리가 없습니다.

조선시대에 9번이나 장원급제한 대학자가 있지요. 13세에 첫 장원을 하고 29세까지 6번을 수석 합격(몇 번 시험에 떨어지기도 했어요)하면서, 총 9번을 장원급제한 율곡 이이입니다. 요즘으로 치면 13세에 수능 전국 1등을 하고, 20세 이전에 사법시험에서 수석 합격을 한 것이겠죠. 조선에서 슈퍼스타였던 셈이죠. 그런 율곡이 이런 말을 했습니다.

1. 내가 잘못이 있는데 남이 알려주면 감사하게 받아들이고 고칠 일이다.

2. 내가 그다지 잘못한 것이 없는데 남이 뭐라 하면, 나를 돌아보아 티끌만큼도 흠잡힐 일이 없도록 하면 된다.

3. 내가 전혀 잘못한 것이 없는데 괜한 말을 상대가 하면, 상대의 잘못이니 신경쓰지 않으면 된다.

즉 비판은 감사히 받아들이고, 비난은 사실만 걸러 듣고, 허위비방은 신경 안 쓰면 된다는 말이지요. 저는 '상처받았다'라고 하는 이들에게 '상처로 받아들였던 말을 적어보세요'라고 말해오고 있습니다. 98퍼센트 정도는 스스로 상처로 만든 것들이었어요. 안 받아도 될 것을 굳이 받아서, 정작 받아야 할 것을 받지 않아서.

다른 사람들의 말에 상처받으셨나요?
그 말이 비판인지, 비난인지 먼저 생각해보세요.
비난은 무시하고, 비판은 존중해주세요.

소극적 행동은 소극적 인생을 만듭니다

　사업이 꽤 자리를 잡고, 책이 많이 알려지면서 멋진 이들을 만나는 일이 전보다 많이 수월해졌습니다. 예전에는 장문의 편지를 써야 했지만, 현재는 인터넷에 저에 대해 소개된 내용을 보내면 금방 답장이 오는 식이죠. 물론 이전보다는 수월해졌다는 것이지, 여전히 수십 번, 수백 번 거절받기도 합니다. 그래도 포기하지 않고 사람들을 만나려 노력합니다.

　자기보다 나은 이들을 만나는 일은 TV, 유튜브로 그들을 보는 것에 그쳐서는 안 됩니다. 상대가 내게 무얼 할 수도 없고, 나도 상대에게 무얼 할 수 없습니다. 직접 소통하고 교감하는 일이 불가능하죠. 그런 면에서는 책도 다르지 않습니다.

영상으로 계속 접하다보면 호랑이, 곰 같은 맹수를 실제로 봐도 긴장이 안 되듯, 종이로 된 책만 계속 보고 있으면 책 속 내용을 다른 세상 이야기, 나와 관련 없는 이야기로 생각하게 될 수 있습니다. 그래서 종종 수백 권, 수천 권을 읽었는데도 인생에 변화가 없는 이들을 봅니다. 방에서 독서만 하면 '책 많이 읽은 바보' '사회성 떨어지는 책쟁이'가 될 수 있는 것이죠. 당연히 독서는 중요하지만, 사람을 직접 만나는 것이 꼭 필요하다는 이야기입니다.

무엇보다 나보다 나은, 새로운 사람을 만나야 합니다. 기존에 알던, 나와 비슷한 생각을 하는, 나와 레벨이 비슷한 이들하고만 교류하는 것은 우물 안 개구리에 머무르기로 결정한 것이나 마찬가지입니다. 충격적이고 위협적인 경험을 할 일은 없지만, 대신 나를 대폭적으로 성장시킬 일도 없죠.

'새로운, 자기보다 나은 이들을 만나라!'라고 강조해도 '만나면 무슨 말을 할지 모르겠어요' '책으로 보면 되는데 굳이 만나야 되나요?' 하는 이들이 있어요. 그렇다면 가족은 뭐 하러 만나고, 친구나 애인은 뭐 하러 만나나요? 그들의 사진과 편지만 보면 되는 거 아닌가요?

소극적 행동은 소극적 인생을 만듭니다.

우리는 우리가 만나는 사람이 됩니다.

아바타 놀이

'사람을 의심하면 쓰지 말고, 썼거든 의심하지 마라'라는 말이 있습니다. 직원을 고용하기 전에는 신중하게 판단하되, 일단 고용했으면 의심하지 말고 맡겨야 하죠. 일을 시켜놓고 믿지 못해 계속 의심하고 확인하면 서로 피곤해지거든요.

이것은 멘토를 대할 때도 마찬가지입니다. '자칭 성공자'인 것은 아닌지, 실제로 그 분야의 성과가 있고 현재에도 계속 성장하는지를 알아보고 선택하되, 관계를 시작했으면 그를 믿고 행해야겠지요. 그런데 '잘 배우겠다' 말하고선 의심하는 이들이 많습니다. 멘토가 '이것을 해보세요' 말하면 '제가요?' '제가 할 수 있을까요?' '꼭 그걸 해야 하나요?' 식의 대응을 하는 거죠. 멘토는 이미 경험해본 뒤 필요하고 좋은 내용을 알려주는 겁니다. 제자에게 일부러 나쁜 것을 알려주는 경우는 거의 없지요.

사실 저도 초기엔 믿지 못하고 따르지 않았습니다. 제게 있어 독서는 저를 살려준 생명의 줄 같은 것이었죠. 영어 비전공이고 해외연수의 경험이 없는 저를 영어강사로 만들어준 힘이었고, 아무 스펙도 없는 제게 자신감을 준 힘이었습니다. 어떤 상황에서도 반드시 독서를 해야 했습니다. 더군다나 저의 독서량을 늘려준 아침 독서는 버릴 수 없는 생명수 같은 존재였어요. 그런데 한 멘토 분이 언젠가부터 자꾸 사람을 만나러 가자고 하는 것이었습니다. 그 약속은 주로 아침이나 점심이었죠. 저의 '생존'을 위협하는 제안이었습니다. 처음에는 거절했어요.

"봐서 갈게요."

"생각 좀 해볼게요."

그런데 그분은 저를 계속 모임에 불러냈고, 결국 저는 조금씩 모임에 나가 사람들을 만나기 시작했습니다. 나가면서도 '독서 해야 하는데 왜 자꾸 불러내요' 불평했습니다. 그때마다 그분은 '이제 세상에 나와야 한다'라고 말해줬지요. 처음엔 이해하지 못 했습니다. 모임에 나갈 때마다 시간을 낭비하고 손해본 느낌이었습니다. 그런데 어느 순간부터 제가 다시 깨어진다는 느낌을 받았습니다. 그때부턴 머리로는 이해되지 않더라도, 멘토분이 제안하면 일단 움직이기 시작했습니다. '생각 좀 해볼게요' 같은 '내 생각'을 버리고 조종받는 '아바타'처럼 행동했습니다.

그러다 한국의 대형 출판사와 인연이 되었고, 이곳에서 대형 베스트셀러를 쓰게 됐습니다. 저는 별생각 없이 나갔는데, 어느 순간 큰 출판사 건물에서 출판사 대표님과 대화를 하고 있었습니다. 곧 대표님이 '계약서 가져오세요'라고 말하셨지요. 표정 관리가 안 됐지만 정말 신났습니다. 저로서는 '생존'을 위협하는 '점심 약속 제안'이 저를 크게 '성장'시켜준 계기가 된 것이었습니다. 지금에야 당시의 그림이 상당수 이해되지만, 그때의 저로서는 정말 어려운 결정이었죠.

멘토의 말을 따르는 것은, 미로 위에서 바라봐주는 이의 말을 듣는 것과 같습니다. 나는 보이지 않아 헤매지만 위에서 보는 이에겐 어렵지 않지요. 저는 이것을 '아바타 놀이'라고도 부릅니다. 머리를 손질하기 위해 직접 미용을 배울 필요는 없고, 충치를 치료하려고 제가 치대에 입학할 필요는 없지요. 먼저 해당 분야를 많이 공부한 이에게 맡기면 됩니다.

소크라테스는 '남의 경험에서 배우는 자가 가장 현명하다. 가장 빠르고 효율적이다. 스스로 경험하고 배우는 자는 그다음이다. 스스로 경험하고도 배우지 못하는 이가 가장 하등이다'라고 했지요. 가수 박진영 씨도 이와 비슷한 이야기를 여러 방송에서 했습니다. 본인도 작곡을 처음 배울 때 작곡가 김형석 씨가 알려주는 대로 했다고 하지요. 가수 비 씨도 스승 박진영 씨가 지시하는 것이면 말이 안 되는 듯해도 일단 따랐다고 합니다. 그중엔 제주도 외딴곳에 놀러가서 '물안경 좀 구해와라' 같은 것도 있었습니다. 물안경을 구하는 일이 가수가 되는 것과 무슨 상관이 있을까요? 하지만 비 씨는 스승을 믿었기에 그 엉뚱한 미션(?)을 해냈습니다. 그리고 박진영 씨와 앨범을 만들어 초대형 가수로 성장했지요.

애초에 '사기꾼'이라 생각되면 지혜를 구하지 마세요. 그가 내게 피해를 주려는 것이 아니라 도움을 주는 것이라 믿고 나면 '아바타 놀이'를 해보세요. 빠르게 성장할 수 있습니다.

멘토를 의심하면 찾아가지 말고,
찾아갔으면 의심하지 마세요.

4장

꿈

내가 좋아하고, 잘하고, 남을 기쁘게 하는 일

Just do it!

보도 섀퍼라는 사람을 아시나요? 스물여섯 살에 파산했다가 8개월 만에 빚을 모두 청산한 것은 물론, 서른 살에 이자 수입만으로 생활이 가능한 부자가 된 인물인데요. 그는 그 경험을 통해 실질적인 부의 산지식을 얻었고, 책을 통해 그 지식을 많은 사람들에게 나누었습니다.《보도 섀퍼의 나는 이렇게 부자가 되었다》라는 책에 다음과 같은 말이 나와요.

인생이란 진심으로 좋아하지 않는 일을 하면서 소모해버리기
에는 너무나도 짧다. … 좋아하지 않는 일을 한다는 것은 충분

히 누릴 수 있는 삶의 질을 누릴 수 없게 하기 때문이다.

좋아하는 일, 사랑하는 일을 찾고 싶으신가요? 일단 해보세요! 조금이라도 관심 가는 것은 모두 다 해보세요. 해봐야 압니다. 남 이야기 듣고, 스마트폰 보는 것으로는 안 돼요. 적성검사 등을 하는 것으로도 안 돼요. 일단 스스로 해보세요. 머리로만 고민하지 마시고, 직접 몸으로 부딪히고 실수하고 경험해보세요.

저도 처음엔 제가 생각이 없었던 것도 몰랐고, 무엇을 좋아하는지도 잘 몰랐습니다. 무슨 책을 읽어야 할지 알 수 없어서 그냥 베스트셀러 위주로 읽었고, 그렇게 여러 책들을 접하면서 관심사를 찾아내려고 노력했습니다. 할 일이 없을 때라 시간이 많았거든요. 그다음엔 수첩에 관심 가는 것을 모두 적었습니다. 대략 50가지 정도 되었을 거예요.

'걷기, 달리기, 음악 듣기, 노래하기, 책 읽기, 산책하기, 작곡하기, 피아노, 드럼, 기타, 서울 구경하기, 사람 만나기, 이야기 듣기, 컴퓨터, 마리오네트, 축구, 야구, 저글링, 쌍절곤, 무술, 봉술, 오디오, 등산, 차 마시기, 자전거, 외발자전거 등.'

이 수첩을 항상 지니고 다니면서 새로운 관심사가 생길 때마다 추가했습니다. 그리고 친구들은 물론이고, 만나는 사람들에게 '뭘 좋아하세요?'라고 묻고 다녔습니다. 이렇게 계속 리스트를 늘려나 갔고, 몇 달간 수십 개가 넘어가는 관심사들이 축적되었죠.

이후로는 '내가 정말 좋아하는 게 뭘까?'를 기준으로 추려나가기 시작했습니다. 그리고 독서량을 늘려가던 무렵, 참으로 많은 책에서 '좋아하는 일을 하라'라는 문구를 보았습니다. '잘하는 일을 하라'라는 내용 또한 많이 접했고요.

'좋아하는 걸 하라는 거야, 잘하는 걸 하라는 거야?' 하는 의문 속에서도 계속 리스트를 추가하고 삭제하고 또 수정하던 어느 날, 저는 '남을 기쁘게 할 때 가장 행복하다'라는 문장을 보고 영감을 받았습니다.

'나는 내가 좋아하고, 잘하고, 남을 기쁘게 하는 일을 한다.'

이렇게 수첩에 적어두었습니다. 그리고 최종적으로는 독서, 노래, 운동, 영어, 신앙 등 5가지로 리스트를 압축했습니다. 나머지 것들은 모두 끊어냈습니다. 5가지만 제대로 하기도 힘들었거든요.

주위에서는 '쓸데없는 짓을 한다' '책만 많이 읽으면 바보 된다' 라고 말했고 또래 친구들로부터는 '넌 취직도 안 하냐'라는 핀잔을 들으며 무시도 당했습니다. 지금 와서 보면 별로 길지도 않았던 그 3~4년에 걸친 고민의 시간이 제게는 정말로 소중했던 것 같습니다. 취직을 서둘렀던 친구들은 정작 취직 후 돈 때문에 하기 싫은 일을 하느라 월요병이 오고 괴로워하더라고요.

정리하자면,

1. 일단 관심 가는 모든 것들을 리스트에 적으세요.
2. 자주 보면서 수정, 추가, 삭제하고 무엇보다 '경험'하세요.
3. 해보면서 '내가 좋아하고 잘하면서 남을 기쁘게 하는 일'이 무엇인지 고민하세요.
4. 어느 정도 윤곽이 잡히면, 최우선 순위만 남겨서 거기에 집중하세요. 선택과 집중!
5. 부모님, 친구 등 다른 사람의 말에 신경쓰지 마세요. 자기 내면의 소리만 충실히 따라가세요. (참고하려면 롤모델의 의견만!)

좋아하는 일을 찾고 싶으신가요?
그럼, 일단 뭐든 해보세요!
고민할 시간에 Just do it!

배우고, 발견하고, 자유로워지는 것

5~6년에 걸친 투병생활 이후 다시 세상에 나왔을 때, 보고 듣고 할 수 있는 모든 것들이 너무나 신기했습니다. 그래서 시작한 것이 '무작정 다 경험해보기'였습니다. 주변 사람들은 이미 부끄러움도 많고 용기도 없는 저를 잘 알고 있었죠. 그들 앞에서 씩씩한 척해봐야 '왜 그래?' 같은 반응만 나왔습니다. 그래서 이런저런 도전을 통해 계속해서 저의 새로운 모습을 보여줄 기회를 만들어나 갔습니다. 특히 저는 가난에서 벗어나고 싶었어요.

'우리 집이 너무 가난해서 싫어. 나는 부자가 되고 싶고 돈을 많이 벌고 싶어. 그런데 어떻게 해야 하지?'

고민 끝에 '부'에 관한 경험을 할 수 있는 곳을 찾아가보기로 했습니다. 큰 회사나 빌딩에 가서 시간을 보내기도 하고, 증권회사에 들어가 수십 차례 상담을 받아보기도 했습니다. 저는 천성적으로 부끄러움이 정말 많았기에, 그 부분을 극복하기 위해서라도 더 도전했습니다. 길거리에 있는 편의점마다 들어가 둘러본 다음 나오면서 큰 소리로 인사하기도 하고, 아는 길을 일부러 물어서 가기도 했습니다. 낯선 사람과 대화하면서 부끄러움을 극복해보려고요.

저는 술집에 별로 안 가봐서 왠지 술집에 가는 게 무서웠습니다. 그래도 무엇이든 경험해보기로 결심했기에, 눈에 보이는 술집들마다 들어가서 '회식 장소 좀 보러 왔습니다' 하고 둘러보기도 했습니다. 여러 술집을 구경하다보면 느끼는 점이 참 많았습니다. 인테리어도 다 다르고, 손님이 많은 집과 그렇지 않은 집이 있고, 종업원들이나 사장님들의 느낌도 모두 제각각이었습니다.

도전은 여기서 멈추지 않았습니다. 맛집 관련 책 수십 권을 읽고 맛집 구경을 하기도 하고, 운동하는 곳도 이곳저곳 가봤지요. 예쁜 옥상이 있는 빌딩들을 찾아 여행 아닌 여행을 해보기도 했습니다. 빌딩 옥상에 올라가서 한 층씩 내려오며 구경하면 재미있는 일이 많습니다. 제가 좋아하는 책《갈매기의 꿈》에는 흔들리는 삶의 중심을 세워주고, 지친 마음에 기운을 더하는 명문장이 참 많은데요. 다음은 제가 특히 좋아하는 대목입니다.

> 우리는 수천 년 동안 물고기 대가리나 찾아다녔습니다. 그러
> 나, 이제 우리는 삶의 이유를 갖게 되었습니다. 배우고, 발견하
> 고, 자유로워지는 것!

배우고, 발견하고, 자유로워지기 위한 '정회일식 자기계발'의 핵심은 '일단 다 해보기' '최대한 많이 경험하기'입니다. 남들보다 늦게 시작했으면서 스펙도 없던 저는 남보다 더 많이 경험해야 했습니다. 남들이 집에서 검색할 때 저는 발로 뛰어다니며 현장을 경험했습니다.

좋아하는 분야가 있다면 일단 가서 경험해보고, 그곳에서 일하는 분들과 이야기도 나누어보세요. 뭘 좋아하는지 아직 모른다면 조금이라도 관심이 가는 곳을 찾아가 경험해보면 됩니다. 좋아하는 곳도, 관심 가는 곳도 없으면 싫어하는 장소를 가봐도 되고요. 정말 싫은 느낌을 경험해본 후 왜 내가 이걸 싫어하는지 생각해보면, 자신에 대해 많은 것들을 알 수 있습니다.

일단 해보면서 재미있었던 기억들이 끝도 없이 생각나는데, 다

적으려면 정말 끝이 없을 것 같네요. 일단 해보면 새로운 경험을 통해 자기 자신을 알게 되는 것은 물론, 꿈도 찾게 되고 새로운 인맥도 만들어갈 수 있습니다. 정말로 'nothing to lose'라는 말이 너무나 어울리는 방법입니다. 잃을 것은 아무것도 없죠.

약간의 부끄러움이나 실수도 나중에 모두 추억이 됩니다. 결과적으로는 피와 살이 되는 경험으로 남고요. 일단 뛰어들어보고, 계속 새로운 무언가에 도전하세요. 머리로 생각하지 말고 몸으로 부딪치세요. 직접 해봐야 압니다. 18세기 미국의 서부 탐험가 윌리엄 클라크도 이런 말을 했어요.

"자신만의 길을 찾을 수 있는 유일한 방법, 그것은 그 길에 직접 들어서는 것이다."

일단 해보는 것, 어떠세요?

해보면 잘할 수 있는 것이 보이고,
잘할 수 있는 방법도 보인답니다.

정말로 하고 싶은 일을 하고 있나요?

강남의 한 식당에서 혼자 식사를 하고 있을 때, 옆에 있는 직장인들의 대화를 우연히 듣게 되었어요.

"자기 하고 싶은 일만 하면서 사는 사람이 얼마나 될 것 같아?"
"맞아. 다 어쩔 수 없이 일하는 거지. 사는 게 다 그런 거야."
"하고픈 일만 하면서 살 수는 없어. 그런 사람들은 정말 소수야."

그 대화를 들으면서 '내가 바로 그 사람이에요. 난 하고 싶은 일만 하며 살고 있어요'라고 말하고 싶은 것을 겨우 참았습니다. 사실 이 직장인들만 그런 건 아닐 거예요. 많이들 이런 말을 해요.

"어디 하고 싶은 일을 하며 살기가 쉬운가?"

그런데 저는 묻고 싶습니다. 하고 싶은 일을 '안 하며' 살기는 쉬운가요? 하고 싶은 일을 속에만 묻어두고 남이 시키는 일, 돈 벌려고 억지로 하는 일, 월요병을 견디며 퇴근 시간만 기다리다가 상사에게 꾸지람을 듣고 마음 상하는 일, 맨날 만나는 친구와 항상 하던 얘기를 나누는 일, 밤에 스마트폰을 보다 멍하게 잠드는 생활… 이런 삶은 안 힘든가요?

인생에 안 힘든 건 없습니다. 어차피 힘들고 고된 삶이라면, '꿈 없이 힘들게 살기'보다는 '즐겁고 힘든 길'을 가는 사람이었으면 좋겠다는 마음으로 스스로를 돌아보면 어떨까요? 앞에서도 잠깐 언급했던 《보도 섀퍼의 나는 이렇게 부자가 되었다》에 나오는 이야기입니다.

25년 뒤 당신의 모습을 오늘 만나게 된다고 해보자. … 그가 당신에게 뭐라고 조언할까? 그가 당신에게 몰두하라고 할 가장 중요한 일은 무엇일까?

어떠세요? '25년 뒤의 나'는 '지금의 나'에게 무엇을 하라고 할까요? 사람마다 다르겠지만, 적어도 한 가지는 분명합니다. '하기 싫은 일'을 하라고 조언하지는 않을 거라는 사실이죠.

자기가 하고 싶은 일을 하지 않고, 하기 싫은 일을 하며 인생의 많은 시간을 보내는 이유는 대개 2가지입니다.

첫째로 '자기가 무엇을 좋아하는지' 충분히 생각해보지 않았고,
둘째로는 '도전하지 않아서'입니다.

내가 나 자신이 되기 위해서는, 남이 걷지 않은 나만의 길을 만들어야 합니다. 아무도 가지 않은 길인 만큼, 처음에는 많은 어려움이 따를 것입니다. 하지만 1~2번 시도해보고 어렵다고 포기하면, 자기만의 길은 영영 사라져버립니다. 그리고 어디로 가는지 모를, 남들이 많이 선택하는 길을 생각 없이 따라가게 될 가능성이 큽니다.

저도 처음에 영어를 가르치면서 많은 어려움을 겪었습니다. 영어를 전공하지도 않았고 연수를 다녀온 적도 없었을 뿐 아니라 처음에는 경험이 부족했기 때문에, 온갖 상처되는 말들을 많이 견뎌야 했습니다. 그래도 '하고 싶은 일'이었기에 포기하지 않았고, 결국 억대 연봉 이상을 받는 영어강사가 될 수 있었습니다. (추후 학

원장이 됐고, 법인 전환 후 현재는 플랫폼 기업을 경영 중입니다.)

나만 할 수 있는 일을 찾아내세요. 저는 2년 동안 매일 아침 수첩을 보며 '내가 좋아하고, 잘하고, 남을 기쁘게 하는 일'을 찾기 위해 고민했습니다. 탐색과 노력이라는 길 위에서 조금이라도 꾸준히 나가다보니 꿈이 이루어졌지요.

제가 좋아하는 동물 우화가 있어요.

옛날 한 동물 나라에서 학교를 세웠습니다. 이 학교의 필수 과목은 달리기, 기어오르기, 헤엄치기, 날기였어요. 동물은 모든 기능을 다 배워야 최고가 될 수 있다는 생각이었지요. 하지만 오리는 부족한 달리기를 훈련하느라 수영을 망치게 됐고, 토끼는 수영 때문에 달리기를 포기했어요. 다람쥐는 날기를 훈련하느라 기어오르기를 망쳤습니다.

《Growing Strong in the Seasons of Life》라는 책에 나오는 이야기입니다. 각자의 장점과 관심사에 집중하지 못하고 타인의 장점을 어설프게 따라하면 이도 저도 안 된다는 거죠. 이런 이야기를 들려줘도 많은 분들이 '나는 잘하는 게 없는데요?'라고 묻습니다. 분명히 말씀드릴 수 있지만 잘하는 것이 없는 사람은 없어요. 모두가 각자의 관심사나 성향이 있습니다. 그 부분을 바탕으로 잘하는 것을 만들어갈 수도 있습니다.

축구선수 박지성은 수원공고·명지대 출신으로 소위 엘리트 코스와는 거리가 멀었습니다. 피지컬이 뛰어난 것도 아니었죠. 타고난 재능으로 따지자면 더 어린 나이에 박지성보다 우월한 성적을 보인 이들이 많았습니다. 저도 언어적 재능을 타고났다면 학생 때 이미 책을 쓰거나 외국어를 잘했겠지요. 전 단지 소리에 관심이 많아서 노래를 듣다가 팝송을 접하게 됐고 '원서를 읽는다면 멋지게 보이겠지?'란 생각에 원서를 읽는 척하다가 영어를 잘하게 됐을 뿐이에요. 대다수 사람들은 '축구 실력'이나 '영어 실력' 같은 결과물을 타고나는 것이 아니란 얘기입니다. 여러분도 분명 할 수 있습니다. 저도 해냈는데, 여러분이 못할 리는 절대 없어요.

"It is a mistake to think that the practice of my art has become easy to me. I assure you, no one has given so much care to the study of composition as I. There is scarcely a famous master in music whose works I have not frequently and diligently studied.

내가 작곡을 쉽게 했다고 생각한다면 큰 오해다.

장담컨대, 나만큼 작곡 연구를 열심히 한 사람은 없다.

스스로 치열하게 연구하지 않은 음악계의 거장은 거의 없다."

열 살 이전에 이미 뛰어난 작곡 실력과 연주력을 바탕으로 천재로 알려진 모차르트의 말입니다. 그가 작곡했다는 협주곡들도 사실 다른 무명의 소나타들을 연구하고 참고한 것이라 하지요.

'왜' 대신 '어떻게'

처음 '제대로' 책을 읽기 시작하면서 무지함이 깨져나갔습니다. 지금 생각해보면 스스로 깬 것도 아니고 깨진 것이었으니, 이 또한 선물이었던 셈입니다. 독서를 통해 '나 자신'에 대해 고민해보게 되었죠.

'나는 누구이며 왜 이럴까, 왜 살까, 왜 내 인생은 힘들까.'

많은 책을 읽으며 제가 좋아하고 잘하면서 남을 기쁘게 하는 바로 그 일이 무엇일까를 고심했습니다. 저만 가지고 있는 것, 저만 할 수 있으면서 제가 하지 않으면 안 될 일이 무엇일까를 계속해서 질문했습니다.

길에서 외국인에게 말 걸기를 수십 번째 도전하던 어느 날, 한 포르투갈 부부와의 대화에서 인생을 다시 바라보게 한 깨달음을 얻었습니다. 그들은 '왜 한국인들은 영어를 '전혀' 못하죠?'라고 질문했습니다. 그 말을 듣고 '나보다 영어를 잘하는 이는 많지만, 나만큼 초보를 이해할 수 있는 이는 없겠다. 한국인들이 이런 말을 듣지 않도록 내가 최고의 영어훈련법을 만들어야겠다'라는 꿈이 생겼습니다.

저는 영어 왕초보로 시작해서 독학 6개월, 당연히 아직 영어를 잘하지 못하는 상태에서 사람들을 가르치기 시작했습니다. 많은 시행착오가 있었지만 계속 노력하다보니 조금씩 노하우가 쌓여갔습니다. 500여 권이 넘는 영어 관련서를 읽고, 실제 영어 고수들을 만나면서 꿈을 확장해나갔습니다. 한국의 많은 영어강사와 학원들이 기존의 '안 되는' 학습법으로 교육해서, 학생들이 아무리 배워도 영어가 늘 수 없도록 하고 있단 사실을 깨달았습니다.

무모한 도전과 힘든 장애물들을 극복하고 난 끝에 수억대 빚쟁이였던 제가 불과 몇 년만에 수억대 연봉자가 되고 1억이 넘는 돈을 기부했습니다. (현재는 기부액이 4억을 넘어갔습니다.) 수년간의 투병 생활을 힘겹게 털어내고 뒤를 돌아보니, 저만의 이야기로 사람들에게 감동을 줄 수도 있었습니다. 고통을 겪지 않은 사람이 말하면 먹히지 않을 이야기도, 고통과 절망의 수렁에서 허우적대던 제가 하면 공감을 일으키며 큰 변화를 만들어내는 것을 보았습니다.

'왜 하필 나에게?'
'왜 하필 이런 고통이 내게?'

저 역시 숱하게 던진 질문입니다. 하지만 이제는 압니다. 이런 질문은 장기적으로 보았을 때 현명하지 못하다는 사실을요. 아무런 어려움도 극복하지 않은 사람이, 다른 이에게 희망을 줄 수는 없습니다.

영화 〈반지의 제왕〉에서 이런 장면이 나왔던 것으로 기억해요. 초반에 주인공 프로도에게 큰 시련이 닥칩니다. 갑자기 본인에게 주어진 절대반지를 위험한 곳으로 돌려놓으라는 미션이 주어지죠. 프로도가 괴로워하며 '왜 내가 이런 험한 일을 해야 하는지' 고민하자 현인이 답하죠.

"우리 모두 인생에서 스스로 의도하지도 않은 수많은 순간을 겪게 된단다. 다만 우리는 주어진 그 순간 우리가 무엇을 해야 할지를 결정할 뿐이지."

이 대사로 전 도움을 많이 받았습니다. 사업을 시작하면서도 예상치 못한 힘든 일들이 참 많이 주어졌습니다. 그때마다 '왜 이런 일이 내게 생기는 거야!' 불평하는 대신, '여기서 어떤 선택을 하는 게 현명할까?'에 에너지를 집중했고 덕분에 꾸준히 성장할 수 있었지요.

'왜 하필 나에게'라고 절망하지 마세요.
'어떻게 해야 할까'를 고민하다보면
분명 극복하고 성장할 수 있습니다.

꿈을 향한 길은 외로운 길

많은 분들이 '꿈을 향해 가고 싶은데 주위 사람들이 다 반대해요. 어쩌죠?'라고 묻습니다. 저 역시도 성장해오면서 '왜 그토록 많은 저항이 있었을까?'에 대해 고민했었습니다. 그러다 '분명한 꿈을 꾸면서, 꿈을 향해 살아가는 이들이 몇 퍼센트나 될까?' 생각해봤어요. 2퍼센트? 아무리 늘려도 5퍼센트? 다수의 사람들은 비슷비슷하게 살아갑니다. 하기 싫은 일을 돈 때문에 억지로 참아가며 하죠.

그런데 우리가 '멋지다' '부럽다' 생각하는 이들은 주로 누구인가요? 우리가 평범한 사람들을 부러워하나요? 아니죠. 대부분 유명인, 성공한 CEO, 건물주, 어떤 분야의 전문가 아닌가요? 이런 이들이 흔하다면 사람들이 부러워하지 않겠죠. 어려운 도전을 끊임없이 해서 될 때까지 해낸 대단한 이들이기에 동경하는 거죠. 또 성공한 소수는, 다수의 평범한 이들이 하지 않는 것을 해냈기에 성공한 것이죠.

저는 수천 명의 사람들을 코칭해왔습니다. 대략 통계를 내보면 95퍼센트의 사람들은 매년, 매달의 목표를 분명히 정하지 않고 살아갑니다. 3퍼센트 정도의 사람들은 모호하게라도 목표를 설정하고, 성공자들을 흉내내려는 시도라도 합니다. 꿈을 정하지 않은 이들은 애초에 '성공자'들을 바라보지도 않습니다. 주위엔 다 평범한 사람들이고, 대화 주제도 평범한 일상뿐이죠.

그런데 3퍼센트 정도의 '모호한 꿈쟁이'들은 기존 인맥과의 관계를 유지하면서 자신은 성공을 하고 싶다고 외칩니다. 이들의 문제는 양발을 걸치고 있다는 겁니다. 꿈이 있는 사람끼리 꿈 얘기를 해야 하는데, 꿈 없는 이들에게 자꾸 꿈 얘기를 하면 어떻게 될까요? 당연히 저항이 생깁니다. '왜 그래? 그냥 살던 대로 살아' '그걸 아무나 하냐?' 같은 말을 듣게 되죠. 그런 말을 듣다보면 의심이 생기고 흔들리게 됩니다. 이런 사람들을 정말 많이 봐왔어요.

스타트업 창업자들의 정신건강을 조사한 기사가 있습니다. 기사에 따르면, 국내 스타트업 CEO의 21퍼센트가 우울 고위험군에 속해 있었습니다. 사실 본인의 어려움을 지인도 아닌 설문조사 기관에 솔직하게 털어놓을 이가 많지 않으리란 점을 고려하면, 더 많은 이들이 힘들어하고 있으리라 예상할 수 있습니다. 《사장으로 산다는 것》이라는 책에서도 말합니다.

'속은 타도 CEO는 웃어야 한다.'

'힘들고 외로워도 말할 수 없는 CEO.'

회사의 대표가 '나 요즘 힘들다'란 말을 매일 직원들에게 하면 어떻게 될까요? 직원들이 불안해서 회사를 그만둘 겁니다. CEO는 말할 곳이 많지 않습니다. 예시로 CEO를 들었지만 보통 우리가 부러워하는 소수의 성공자가 다 그렇습니다. 소수이기에, 힘든 감정을 공유할 대상이 많지 않죠. 말해봤자 '에이, 그래도 잘하시잖아요. 능력자시잖아요(배부른 소리 하고 있네)' 같은 답을 듣게 되는 거죠.

그렇다고 평범한 이들이 힘들지 않다는 얘기는 아닙니다. 앞에서 말했듯, 꿈을 위해 살아가든 꿈 없이 살아가든 힘들기는 마찬가지입니다. 다만 꿈을 갖고 이를 이루기로 마음먹었다면, 소수의 길로 가는 것이니 힘들다고 징징하지 말자는 거죠. 자기 자신이 되길 원한다면, 꿈 없이 흘러가는 99.9퍼센트의 의견에 신경 쓰지 마세요. 꿈을 향해 가는 0.1퍼센트의 만남이 저는 훨씬 즐겁답니다. 'one of them'이 아닌 'only one'이 되는 겁니다.

반대에 부딪혔나요?
꿈을 향한 길은 0.1퍼센트의 길,
외로운 것이 당연합니다.

'나는 왜 이 일을 하는가?'

뭘 좋아하는지도 모르고, 당연히 뭘 해야 할지도 몰랐던 제가 조금씩 책을 읽어가고, 좋아하는 일을 찾고, 스스로 잘할 수 있으면서 남을 기쁘게 하는 꿈에 다가가기 시작했습니다.

예전에 몇 년 동안 노래를 가르칠 때는 분명 재미는 있었지만, 맘이 썩 편하지는 않았습니다. 가능성이 없는 친구를 돈을 벌려는 목적만으로 지도할 때도 있었거든요. 마음이 너무 불편했죠. 그러다가 라이브바에서 노래할 기회가 있었고, 그곳에서 뜻밖에도 영어 발음의 비밀을 조금씩 깨닫게 되었습니다. 이 발견이 영어에 대한 순수한 관심으로 이어져 원서를 읽으려고 노력하게 되었습니다. 원서를 계속 읽고 말하다보니 영어를 가르치고 싶다는 꿈이 생겼어요. 누군가에게 알려주려면 더 열심히 공부할 수 있겠다 싶었죠. 영어 수업은 실제로 효과가 있었고 '제가 좋아하고 잘하고 남을 기쁘게 하는 일'에 맞는 듯싶었습니다.

'남을 기쁘게 하고자 하는 마음', 좀 거창하게 표현하면 저는 이 것이 '사랑'인 것 같아요. 톨스토이의 《사람은 무엇으로 사는가》에서 하나님이 자신의 말을 어긴 벌을 받아 지상으로 추락한 하늘의 천사 미하일에게 던진 3가지 질문이 나옵니다.

첫째, 사람의 마음에는 무엇이 있는가.
둘째, 사람에게 주어지지 않은 것은 무엇인가.
셋째, 사람은 무엇으로 사는가.

이 질문들에 대한 미하일의 답은 결국 '사랑'으로 귀결됩니다.

사람들은 스스로 자신에 대한 걱정으로 살아간다고 생각할지 모르지만 사실은 그렇지 않다는 것을 비로소 깨달은 것입니다. 그들은 오직 사랑의 힘으로 살아가고 있었던 거예요.

정말 그런 것 같아요. 우리는 모두 '사랑의 힘'으로 살아가고 있는 게 아닐까요? 저는 '비전공, 비연수, 영어 독학 6개월, 아직 영어 잘 못함'의 경력으로 영어를 가르치기 시작했기에 처음엔 너무나도 힘들었습니다. 하지만 마음속 신념을 믿고 계속 밀어붙였죠. 그 신념은 영어를 향한 사랑, 제게 배우는 사람들을 향한 사랑이었던 것 같습니다.

그렇게 해나간 지 3년쯤 되던 어느 날, 길에서 만나 이야기를 나눠본 외국인의 수가 100명도 넘을 때의 일이었어요. '왜 한국인은 길만 물어보는데도 도망가느냐?'라는 질문을 들었을 때는 '아, 이건 꼭 내가 해야 하는 일이구나'를 확신하게 되었습니다. 영어를 잘하는 사람은 많고 많지만, 저만큼 왕초보의 심정을 잘 이해하고 어떻게 해야 이를 벗어날 수 있는지 아는 사람은 많지 않을 거라는 생각이 들었죠. 그 생각은 결국 맞았다는 것이 증명되었고요.

직장을 다니든, 가게를 운영하든, 프리랜서로 일하든 우리 모두는 간혹 '나는 왜 이 일을 하는가?'라는 심각한 고민에 빠지곤 하잖아요. 그럴 때는 '사랑'에서 이유를 찾아보면 어떨까요? '내가 이 일을 사랑해서' '나로 인해 도움받는 사람들이 있어서' 등 사랑을 바탕으로 한 이유를 찾는다면, 지금 지겹고 힘들게만 여겨지는 일들이 조금은 보람차고 의미 있어지지 않을까요?

'나는 왜 이 일을 하는가' 고민하시나요?
그럴 때는 '이 일이 남에게, 세상에 어떤 도움이 되는가'를
떠올려보세요.

일의 이유에서 '사랑'을 발견할 때,
그 일은 더 가치로워집니다.

성공은 당신이 원하는 바로 그것

초등학교, 중학교 특강에 갔다가 학생들이 '성공'에 대해 말하는 것을 들었습니다.

"성공하려면 학원을 열심히 다녀야 해요."
"성공하려면 좋은 고등학교에 가야 하거든요."
"연봉이 이만큼 되어야 성공한 거라면서요?"

큰 충격을 받았습니다. 저 어린 친구들에게 저런 성공의 정의를 누가 주입시켰을까요? 저 친구들이 알고 있는, 아니 그들의 부모나 선생님이 주입한 '성공'이란 무엇이었을까요? 과연 돈을 많이 벌고, 유명한 사람이 되고, 대기업에 들어가는 것이 '성공'일까요?

아이들에게 '성공'을 어떻게 설명해줘야 할까, 고민하던 중 영어사전에서 좋은 정의를 발견했어요.

Success is the achievement of something that you have been trying to do.

성공은 해낸 것, 당신이 해내려고 시도하던 것을 이루어낸 결과다.

어렸을 때를 돌이켜보면 퍼즐을 맞추거나 모래성을 쌓거나 하는 등 원하던 것을 해냈을 때 '성공이다!'라고 외쳤잖아요? 원하던 것을 해내면 '성공!'인 것이죠. 돈보다는 꿈을 좇는 삶을 원했다면, 돈을 많이 벌지 못해도 꿈을 실천하며 사는 삶이 성공이겠죠. 물론 많은 돈을 벌어 풍요롭게 사는 삶을 원했다면, 큰돈을 버는 것이 성공일 테고요. 성공에 있어 정답이란 없습니다. 자기 자신의 정의가 중요할 뿐이죠.

대다수의 무리를 무작정 따라가지 마시고 성공의 의미를 스스로 정의해보세요. 그것은 죽을 때까지 가족과 사이좋게 지내는 것이 될 수도 있고, 몸 아프지 않고 잘 있다 가는 것이 될 수도 있고, 도서관을 100개 이상 짓는 것이 될 수도 있습니다. 혹은 멋진 이성을 만나는 것이 될 수도 있겠습니다.

원하는 바를 성취해내는 것이 곧 성공입니다.
당신이 정말로 원하는 성공이란 무엇인가요?

다만 같이 더 생각해봤으면 해요. 돈을 좇는 삶이 나쁘진 않지만, 돈만 좇는 삶은 그리 바람직하지 않습니다. 많은 이들이 막연하게 '부자가 되고 싶다'라고 말합니다. 그런데 생각해보세요. 모르는 옆집 청년이 부자가 된다면 당신은 기쁠까요? 그 사람의 꿈을 당신은 응원하고 싶을까요? 아마도 아닐 겁니다. 그 사람이 꿈을 이루든 말든 당신에게 이득이 되는 것이 없으니까요. 아인슈타인은 이렇게 말했어요.

"Only a life lived for others is a life worthwhile.
다른 이들을 위해 산 인생만 가치 있는 삶이다."

오직 다른 이를 위해서 봉사하고 헌신하는 삶을 살아야 한다는 이야기가 아닙니다. 당연히 내가 먼저겠죠. 하지만 타인에게 도움이 되는 것을 해내야, 타인도 나의 성공을 응원해주게 됩니다. 내가 세상에 꼭 필요한 존재가 되지요. 결국 '일의 이유'에도 '성공의 과정'에도 '사랑'이 중요한 것이라는 생각이 듭니다.

막연히 남들이 따르는 환상을 본인의 성공 기준으로 정하지 마세요. 인생에 있어 본인만의 경험, 고통, 관심사를 살려 키워드를 찾아보세요. 그리고 타인에게 도움이 될 접점을 찾아보세요. 당신만의 경험과 타인에게 도움이 되는 접점이 만날 때, 당신만의 성공을 정의할 수 있을 거예요.

세상에 많은 사례들이 있습니다. 탐색하고 연구하세요. 그리고 당신만의 성공의 정의를 만드세요. 당신이 바라는 성공이 타인에게 도움이 되는 것이면 좋겠습니다. 당신의 성공을 응원합니다.

나를 화나게 하는 것들

　제가 학원을 차리려고 알아보니 거품이 심한 강의들이 많더라고요. 수백만원이 넘는 수업료를 받고도 끝까지 책임지지 않는 곳도 적지 않았어요. 그곳만의 커리큘럼, 노하우가 없는 곳도 많이 봤습니다.

　여전히 수많은 영어학원들은 1980~90년대와 같은 방식으로 학생들을 가르칩니다. 회화 수업이라면서 1시간 내내 선생 혼자 떠들면, 학생의 영어는 절대 늘 수 없습니다. 수백만원을 받아 그 많은 사람을 연수 보내는 유학원들은, 성공률이 채 5퍼센트도 되지 않습니다.

　아픈 사람을 받아놓고 검증도 되지 않은, 아니 부작용이 심한 것을 알면서도 묵인하고 약을 처방하는 의사와 약사들. 수없이 많은 환자들이 더 큰 병을 얻어가는데도, 항의하면 오히려 더 큰소리로 되받아치는 양심 없는 사람들. 기본적 인성도 갖추지 않고 강한 자들에게 약하고 약자는 무시하는, 세상 사람들보다 더 세속적인 목사들. 이런 사람들은 저를 화나게 합니다. 그들에게 묻고 싶습니다.

'인생에서 중요한 게 무엇인지 한 번이라도 고민해봤나요? 그런 식으로 돈을 벌면 진정한 행복이 찾아옵니까?'

《부자가 되려면 부자에게 점심을 사라》라는 책이 있어요. 저자는 스무 살 때 '서른 살까지 행복한 부자가 되겠다'고 결심하고 컨설팅 및 회계 사업을 시작했다고 해요. 그리고 스물아홉 살 무렵에 진짜로 백만장자가 되었답니다. 그런데 정말 대단한 것은 그다음이에요. 그는 첫아이가 태어나자 회사를 그만두고 집에서 아이를 키웠다고 해요. 그의 꿈의 방점은 '부자'가 아니라 '행복'이었던 것이죠. 그는 책에서 이렇게 말합니다.

부자가 되기 위해서는 어쩔 수 없이 돈에 집착하게 됩니다. 그렇다고 해서 돈을 좇는 것만으로는 안 됩니다. 중요한 것은 자신이 정말로 다른 사람에게 도움이 되는가를 자신이 번 돈을 통해 안다는 것입니다.

저는 돈만 좇는 사람들에게 이 글을 꼭 보여주고 싶어요. 자신의 이익만 추구하면 부를 쌓을 수는 있을지 몰라도, 결코 진정한 행복을 누리긴 힘들 것이라고 말해주고 싶습니다. 저를 화나게 하는 저런 사람들을 따르는 이들이 있을까요? 멀리서 그의 소식을 듣고 배우러 오는 이들이 있을까요? 아마 없을 겁니다. 그들의 생각은 세상의 공감을 얻지 못하고 있으니까요.

플라톤의 《국가론》에서도 소크라테스는 '의사가 의사인 한, 자신의 이익을 생각해 지시를 내리는 게 아니라 환자의 이익을 생각하며 지시를 내리는 것'이라며 '진정한 의미에서 의사는 환자의 몸을 관리하는 사람이지 돈벌이를 일삼는 자가 아니기 때문'이라고 강조합니다.

자본주의를 잘못 이해한 사람들은 '돈이 최고'라거나 '물질지상주의'를 생각합니다. 하지만 막스 베버의 《프로테스탄트 윤리와 자본주의 정신》이라는 책을 읽어보면, 본래 자본주의란 돈을 최고로 여기는 것이 아니라 '돈을 생산적인 방식으로 사용하는 것을 가장 귀하게 여기는 생각'이란 사실을 알 수 있지요. 소비를 줄이고 절약하여 자본을 모아 좋은 곳에 사용하란 것이에요.

영국의 신학자 리처드 백스터도 노동을 열심히 해서 생산물이 많아지면 사람들의 생활을 향상시키는 데 크게 기여한다고 말했죠. 즉 일을 열심히 잘하면, 의도한 것이 아니더라도 이웃을 사랑하는 셈이 된다는 얘기지요.

즉 '나는 돈에 관심 없어. 먹고살 정도만 있으면 돼'라는 태도는 다른 이웃을 생각하지 않는다는 뜻이고, '돈이 최고야! 수단 가리지 말고 일단 벌자'라는 자세도 오직 자신만을 생각한다는 뜻이지요.

타인을 즐겁게 하고 도움되는 일을 해서 돈을 벌고, 자신에게도 타인에게도 현명하게 돈을 쓰는 우리가 되었으면 좋겠습니다. 우리가 더 아름답고 행복한 부자가 되길 바랍니다.

불신 다이어트

밥 먹는 양 대비 움직임이 부족하면 몸에 살이 찝니다. 그런데 놀라운 사실은 마음도 그렇다는 거예요. 마음먹는 양 대비 실천이 부족하면 (자신에 대한) 불신이 찝니다.

밥을 먹었으면 바로 움직여야지 1시간만 있다가, 좀만 쉬다가 하다보면 이미 늦은 셈이에요. 그동안에 음식은 모두 살로 가지요. 마음도 그렇습니다. 마음을 먹었으면 바로 행하는 습관을 들여야 해요. 자꾸 먹기만 하니 살이 찌고, 또 불신이 찝니다. 마음만 먹고 행하지 않는 것을 경험할수록 자신감은 줄어듭니다. '불신 다이어트'를 해보세요. 생각과 행동의 간극이 성장 속도를 결정하거든요.

그런데 한 가지 주의할 점은, 어떤 행동을 시작하거나 새로운 습관을 들일 때 자신만의 방식을 찾아야 한다는 사실입니다. 과거에 저는 하루 종일 할 일이 아무것도 없었습니다. 잠에서 깨어 눈을 뜨면 아침부터 '무엇을 해야 하지? 오늘은 뭘 하며 보내지?'라는 생각을 가장 먼저 했어요. 그러다《아침형 인간》이라는 책을 접하고 정신이 번쩍 들었죠.

하루는 24시간 이상 주어지지 않고, 인생 또한 유한하다. 따라서 아침을 지배하는 사람은 하루를 지배할 수 있고, 그 하루하루를 지배하는 사람은 인생을 지배할 수 있다.

이 책을 읽고 일찍 일어나려고 노력했어요. 하지만 계획대로 되는 날은 매우 드물었죠. 정해놓은 시각보다 늦게 일어날 때마다 자책하고 스스로에게 실망하는 일이 수년간 반복되었습니다. 더욱이 일찍 일어나봤자 할 일도 없었기 때문에 실천하기가 더 어려웠어요.

'아침형 인간이 되는 게 힘들다면, 차라리 깨어 있을 때 중요한 일부터 잘하자.'

나에게 맞지도 않는 습관을 만들려고 아등바등하기보다 꼭 맞는 방식을 찾는 게 더 중요하겠다는 생각이 들어 계획을 수정했고, 이후로는 무난하게 실천을 해나갈 수 있었습니다. 이 책의 메시지가 잘못됐다는 게 결코 아니에요. 아무리 좋은 메시지라도, 자신에게 맞는 방식으로 적용할 필요가 있다는 것이죠.

마음은 늘 먹는데, 실천이 잘 안 되시나요?
그러다보면 자신에 대한 불신이 쌓이잖아요.

음식을 먹으면 몸을 움직여 다이어트를 하듯이,
마음을 먹으면 바로 실천하세요.
불신 다이어트를 해보세요!

산다는 것은

어느 봄에 '사는 것'이 무엇일까 궁금해졌어요. 처음엔 막연히 저보다 나이가 많은 이들에게 물어봤습니다.

"사는 게 뭐죠?"

수십 명에게 질문했지만 그들의 답변은 저를 실망시키고 당황시켰습니다.

"회일아, 왜 그래? 무슨 일 있어?"

다 이런 식이었지요. 제 질문의 의도는 '산다'라는 것이 무엇인지에 대한 답을 찾고 '산다'의 의미를 정의하고 싶었던 것인데, '단순히 저보다 나이만 많았던 이들'은 '사는 게 도대체 뭐길래 이렇게 힘들죠?'로 이해한 것이었죠. 걱정해준 것이야 고마웠지만 제가 찾던 답이 아니었습니다.

그 후엔 막연히 나이가 많은 이들이 아닌 '현명한 이들'의 답을 찾기 시작했습니다. '나이를 먹는 것'은 자동이고, '지혜를 먹는 것'은 수동이란 사실도 깨달았습니다. 나이를 먹는 것과 지혜로워지는 것은 정비례하지 않았죠. 한참을 고민하던 어느 아침, 문득 깨달았습니다.

살아 있는 모든 것은 죽습니다.
산다는 것은, 그러니까 죽어간다는 것이죠.
사는 것은 자기 목숨을 무엇인가에 바치는 것이라는 사실을 깨달았습니다.

그런데 적지 않은 이들이 다니기 싫은 직장에, TV에, 남을 비난하고 자신의 능력을 의심하는 데 자신의 목숨을 바치다 죽습니다. 하루하루가 모여 1년을 만들고 10년을 만들고 인생을 만듭니다. 내 인생의 의미와 꿈을 찾는 데 목숨을 바치고, 그렇게 목숨을 바쳐 찾아낸 꿈을 이루는 데 또다시 목숨을 바쳐야 하지 않을까요?

어느 책인지 기억나지 않지만 스승과 제자가 나눈 이야기가 머릿속에 남았습니다. 하루는 제자가 헐레벌떡 뛰어가 스승에게 다급히 말했습니다.

"스승님 어떻게 하죠! 제 하나뿐인 친구가 지금 죽어가고 있습니다!"

그러자 스승이 여유로이 말했습니다.

"너는 죽어가고 있지 않은가?"

또 다른 책에선 이런 이야기도 나옵니다.

"병원에서 태어나는 아이들을 보면 나는 생각한다네. '저 아이도 곧 죽겠지.'"

물론 갑자기, 처음 이런 생각을 접하는 분은 불편하게 생각할 수도 있을 겁니다. 하지만 죽음은 당연한 것이고 피하지 못하는 것이죠. 이것을 직시하면 결국 사는 것은 매일매일 죽어가는 일이라는 사실을 인지할 수 있을 겁니다. 〈라이온 킹〉이라는 영화에서도 아기 사자 심바의 아버지가 자연을 바라보며 교육하는 장면이 나옵니다.

"모든 생명은 조화를 이루며 살아가지. … 우리가 죽으면 몸은

풀로 되지. 그래서 들소는 그 풀을 먹지. 우리는 순환하며 사는 거야. 위대한 자연의 섭리 속에서."

저는 오늘 밤을,

제 인생을,

이 글을 쓰는 데 바쳤습니다.

오늘 하루 당신은,

당신의 인생을 어디에 바쳤습니까?

당신의 롤모델은 어떤 분인가요?

'당신의 롤모델은 누구입니까'라는 질문에 답하지 못하는 이들이 대다수인 이유가 몇 가지 있습니다. 충분히 찾아보지 않았을 것이고, '내가 굳이 배워야 해?' 정도의 생각을 가지고 있을 거예요. 각 개인마다 좋아하는 것과 싫어하는 것이 다르고, 타고난 신체와 재능도 제각각입니다. 살아온 환경도 천차만별이고요. 그러니 본인의 상황과 재능에 어느 정도 부합하는 롤모델을 찾아야 그를 따라하고 멋진 사람이 되지 않을까요?

일단 '롤모델'의 정의부터 다시 할게요. 롤모델은 '부러운 사람'이 아닙니다. 실제 내가 그의 행동을 참고하고 따라해서 더욱 나아져야 의미가 있지요. 즉 롤모델이란 단순히 '멋져 보이는 사람'이 아니라 '그의 행동을 참고할 인물'이라고 할 수 있습니다.

수년 전엔 많은 청년들이 롤모델로 '한비야' '반기문'을 말했습니다. 요즘에는 '스티브 잡스' '이건희'를 많이 말하더군요. 스티브 잡스, 이건희가 수년 전에는 멋진 업적이 없었나요? 언론에 많이 노출되니까 막연히 '멋지다'라고 생각한 것은 아닌가요? 실제로 그들이 유명하게 되기까지의 노력에 대해 찾아봤나요?

제가 대신 찾아봤습니다. 한비야 씨는 홍익대 영문학과를 졸업했습니다. 그리고 오지여행을 수년간 했어요. 그 후에 월드비전 구호팀장이 되면서 (아마도 홍보를 위해) 언론에 많이 나왔습니다. 물론 홍익대도 좋은 학교지만, 홍익대를 나온 것만으로 사람들이 '롤모델'이라고 하진 않겠죠. 추측하건대 미디어에 많이 나와서 '오지여행을 하고, 빈민들을 돕고 있다'라고 멋지게 이야기하니까(한비야 씨는 말도 빠르고 잘합니다) 많은 청년들이 롤모델로 삼은 것 같습니다. 하지만 '따라할 관점'으로 보자면, 여러분들이 그렇게 오지여행을 갈 것인지, 돈도 벌기 힘든 구호단체 팀장을 할 것인지 의문이 듭니다.

또 반기문 전 총장은 서울대 외교학과, 하버드대 행정대학원, 외교통상부 장관, 유엔 사무총장의 스펙입니다. '유엔 사무총장'이라는 타이틀이 멋져 보여서 '나의 롤모델이다!' 하겠지만 '따라할 관

점'에서 볼까요? 서울대와 하버드에 입학 가능한 이, 유엔에 들어
갈 수 있는 이가 얼마나 될지 묻고 싶네요.

2021년 2천억 넘는 매출을 달성한 본죽의 김철호 대표는 지방
대 출신입니다. 1993년 건강식 회사를 창업했다가 IMF 때 망하고,
다시 2002년 대학로 뒤에서 작게 죽집을 시작해서 지금의 규모로
키워냈지요. 기부도 꾸준히 하고 있고요. 고졸 출신으로 언어학습
기 '세이펜'을 만든 김철회 대표도 정말 본받을 만한 사례입니다.
또 음식물쓰레기 처리기를 만들어 대중화시킨 루펜리의 이희자
대표는 평범한 주부였죠.

이 책을 읽는 여러분이 한국의 평범한 사람이라고 가정할 때
'따라할 사람'을 누구로 정해야 할까요? 서울대 출신 유엔 사무총
장인가요? 지방대 출신으로 작은 가게를 창업했다가 큰 기업으로
성장시킨 이일까요?

그런데 아마 이분들(김철호·김철회·이희자 대표 등)을 롤모델로 언급
하는 분들은 많지 않을 거예요. 이분들도 대단하지만, 흔히 여러
분이 롤모델로 꼽는 스티브 잡스나 빌 게이츠에 비하면 언론에 덜
노출되니까요. 즉 우리가 찾아보지 않았기에, 이분들을 롤모델로
생각하지 않는 거죠. 언론에 자주 나오는 분들은 굳이 찾아보지
않아도 접하게 되니까, 그냥 쉽게 그런 분들을 롤모델이라고 말하

는 것은 아닐까요?

하지만 이미 유명한 사람들은, 그만큼 찾는 이들도 많기에 우리가 그를 일대일로 만날 수 있는 기회는 당연히 적을 수밖에 없어요. '롤모델을 만나서 소통한다고? 그게 가능해?'라고 생각하시나요? 만나서 직접 소통하지 않으면 내게 최적화된 조언을 들을 수 없는데도요?

자신의 현재 취향, 관심사, 성장 환경 등에 따라 끌리는 인물이 다를 겁니다. 내가 '참고할 수 있고' '따라할 수 있고' 무엇보다 '만나볼 수 있는' 롤모델을 찾는 데 시간을 투자하세요. 그리고 그들을 통해 '더 나은 자신'이 될 수 있도록 노력하세요.

사실 타인의 성공 스토리가 정말 내 것처럼 신나지는 않지요. 롤모델을 찾는다는 것은 타인의 성공한 모습에서 내 가능성을 찾아보려는 시도입니다. 한 인물의 외모나 겉으로 보이는 결과물만 주목하기보다, 실제 그가 어떤 가치 있는 일을 하며 살아가는지를 살펴보길 바랍니다.

물론 살아가면서 다양한 생각을 할 수 있고, 가치관이 바뀔 수 있습니다. 그럼 참고하고 싶은 인물이 또 바뀌겠죠. 결국 롤모델은 참고만, 생각하고 실행하는 주체는 오직 자신뿐이라는 사실을 기억해주세요.

대단한 사람을 롤모델로 설정하는 것만으로

대단해지는 것이 아닙니다.

대단한 이들의 행동을 따라해야

대단해집니다.

대단한 이들이어서 대단한 행동을 한 것이 아니라

하루하루 성실하게

해야 할 중요한 일들을 잘해내서

대단해진 것입니다.

열심히는 누구나 합니다.

잘해야지요.

롤모델과 같은 인생을 사는 방법

'빨리 유명해지고 싶다' '빨리 부자가 되고 싶다'라고 생각하는 이들이 있죠. 우리가 부러워하는 이들이 만든 성과를 위해 그들이 노력한 것들을 연구해봤나요? 예를 들어 롤모델을 스티브 잡스로 적어두고선 월 목표로 '책 2권 읽기' '새벽 5시 기상' '열심히 일 하기'를 정한다면, 평범한 학생이나 직장인이 되기로 결심한 셈이 되는 거죠.

우리가 롤모델을 선택할 땐, 그의 어떠한 업적이 멋지다고 생각 하고 따라하고 싶어서일 겁니다. 그러니 그가 실제로 그런 성과를 위해 어떠한 노력을 기울이고 어떠한 인생을 살았는지를 열심히 공부해야겠지요. '저 사람처럼 되고 싶다'가 아니라 '저 사람이 한 행동과 노력의 양을 따라가야겠다'라고 결심해야 합니다.

같이 스티브 잡스를 연구해볼까요? (물론 여러분이 정말 스티브 잡스의 행동을 참고해서 따라할 만하다고 생각한다면요.)

그는 미혼모의 자녀로 태어나서 양부모에게 입양됐습니다.

그는 열두 살에 전화번호부를 뒤져서 HP의 CEO인 빌 휴렛에게 전화해 '주파수 계수기를 만들고 싶으니, 남는 부품이 있으면 달라'고 요청했습니다.

그는 방과 후 HP에서 공부를 하고 나중에 임시 채용되었습니다.

그는 스물두 살에 워즈니악과 애플을 설립하고, 개인용 PC인 '애플 1'을 출시했습니다.

그는 애플을 판매하기 위해 인텔의 광고를 만든 광고사 매키너 에이전시에 날마다 서너 번씩 전화했습니다. 이 당시 매키너 에이전시는 이미 대기업 고객이 많았고, 잡스는 창고에서 컴퓨터를 만드는 개인 사업가였습니다.

어떠세요? 여러분은 부모가 자신을 버렸거나, 부모가 부자가 아니거나, 원하는 만큼 사랑해주지 않아도 원망하지 않고 열심히 살아왔나요? 집안 문제가 아니더라도 주어진 환경 탓을 하고 있진 않나요?

잡스는 10대 때부터 치열히 자신만의 길을 만들어나갔습니다. 그런데 지금 당신이 스물다섯 살이거나 서른다섯 살, 혹은 그 이상인데 잡스가 롤모델이라면 어떻게 해야 할까요? 지금이라도 국내 최고 대기업의 CEO, 즉 삼성전자 부회장이나 계열사 대표, 사장에게 연락해서 '디지털 기기를 만들고 싶으니 남는 부품을 달라'고 요청해야겠죠. 그리고 관계를 유지하며 당신의 가능성을 어필하기 위해서 단기 취업이라도 해야겠죠. 그리고 수년 내에 창업을 해야 합니다. (스티브 잡스가 HP에 연락했다고 똑같이 HP에 연락해서 남는 부품을 달라고 하지는 마세요. 현재의 본인에 맞게 응용해서 적용하세요.)

이런 행동이 없다면, 당신이 잡스처럼 될 확률은 0퍼센트입니다. 당신이 40대나 50대더라도 만약 이런 행동을 한다면, 안 한 이들보다 잡스에 가까워지는 인생을 만드는 겁니다. 잡스처럼 되기엔 너무 늦었거나 행동력이 부족하다고 생각하나요? 그럼 애플 같은 세계적 기업이 아니더라도, 아무 기술이 없던 평범한 주부가 생활의 불편함을 개선하려고 회사를 창업한 사례는 어떠세요? 스팀청소기를 대중화시키는 데 큰 영향을 끼친 한경희 대표, 음식물 쓰레기 처리기를 대중화시킨 이희자 대표를 롤모델로 정하고, 그들의 행동을 연구하고 따라하는 것은 어떨까요?

'시시하게 국내 중소기업 대표 정도를 롤모델로 하기엔 좀 아쉬운데'라고 생각하시나요? 그런데 그 '시시한 국내 중소기업 대표

정도'의 성취와 성공은 거두셨나요? 중소기업을 'x소기업'이라고 부르며 무시해왔던 건 아니죠?

자신의 현재 상태, 능력에 맞게 시도하는 것이 좋습니다. (꼭 국내 최대 기업의 대표에게 전화하거나, 제가 언급한 대표들에게 연락할 필요는 없습니다. 자신의 현재 능력, 관심사에 맞게 응용해서 적용하세요.)

저도 제 꿈을 찾기 위해 수천 권의 책을 읽고, 수많은 사람들을 만나고, 수천 번이 넘는 시도를 하고 거절을 경험했습니다. '난 아직 마땅히 무얼 해야 할지 모르겠다'라고 생각한다면, 이 책에 나오는 내용을 하나씩 따라해보시면 됩니다. 꿈을 찾기 위해 별다른 노력을 하지 않으면서 '뭘 해야 할지 모르겠다'라고 말한다면 너무 게으른 것 아닐까요?

공자께서 말씀하셨다.
"올바른 말로 일러주는 것을 따르지 않을 수 있겠는가? … 중요한 것은 그 참뜻을 찾아 실천하는 것이다. 기뻐하기만 하고 참뜻을 궁구하지 않거나 따르기만 하고 실제로 잘못을 고치지 않는다면 … 어찌할 수가 없다."

- 《논어》

5장

노력

꿈에 한 걸음 더 다가가는 절실한 시간

꿈을 위해 오늘, 무얼 했나요?

아는 것은 우리가 그걸 사용하기 전까진 아무런 힘이 되지 못한다. 자동차는 시동을 걸고 운전하기 전까지는 교통수단이 아니듯이 말이다. 두려움을 몰아내는 것은 수시로 거듭해야 하는 결심의 과정이다.

《내 인생을 바꾼 한 권의 책》에 나오는 구절인데요. 이 책에서는 베스트셀러 작가부터 홀로코스트 생존자까지, 세계적인 영향력을 가진 이들이 자신의 삶을 바꾼 책을 이야기합니다. '우리를 죽이지 못하는 것은 결국 우리를 강하게 만든다.' 제가 겪은 모든 고난과 시련은 결국 스스로를 단련하는 과정에 불과했다는 깨달음을 심어준 책이기도 하죠. 앞의 문장은 그 책에서 밑줄을 그은 구절입니다. 여기서 '아는 것'을 '목표'라는 단어로 바꿔서 조금 변형해볼게요.

'목표는 우리가 그걸 실현하기 전까진 아무런 힘이 되지 못한다.'

많은 분이 목표가 있다고 말합니다. '영어 잘하는 게 목표예요' '부자 되는 게 목표예요' 같은 말들을 자주 듣게 되죠. 그러나 안타깝게도 행동을 보면 그렇지 않은 경우가 많습니다. 입으로는 목표를 말하지만, 행동으로는 아무것도 실천하지 않는 거죠.

'아, 영어 공부해야 하는데'라고 생각만 하면서 잠드는 사람, 부자가 되고 싶다고 말하면서 매일 TV는 챙겨 보지만 하루 30분도 돈 공부를 하지 않는 사람… 이런 사람은 아무리 목표가 있어도 그 목표가 힘을 발휘하지 못합니다. 목표를 실천하려면 이를 세분화해서 구체적으로 적어놓아야 해요.

영어를 잘하고 싶다면, '하루에 원서 OO장 읽기, 외국인 친구를 한 달에 O명 만들기' 같은 식으로 계획을 세우는 거죠.

부자가 되고 싶다면 '언제까지 수입을 OO퍼센트 올리기, 이번

달은 수입의 OO퍼센트를 저축하기, 하루 OO시간을 돈 공부에 투자하기' 같은 계획을 세워볼 수 있겠네요.

세부적인 목표를 세워두고 수시로 체크하며 목표를 재설정하고 계속해서 실천해야 합니다. 분명한 목표가 있는 사람은 행동합니다. 행동하지 않고 있다면 분명한 목표가 없는 것입니다. 목표 설정에 있어서 많은 책에서 'smart 기법'을 말합니다.

specific : 구체적인

measurable : 측정 가능한

actionable : 실행 가능한

realistic : 현실적인

time limited : 시간제한적인

기억을 위해 smart라는 단어에 맞게 뜻을 정한 것일 텐데, 사실 mt만 기억하고 적용해도 됩니다. measurable, time limited. 측정 가능한 목표를 시간제한을 두어 설정하란 것이죠. '부자가 된다' '다이어트를 한다'가 아니라, '두 달 내로 추가 수익 200만원(500만원, 1천만원)을 번다' '한 달간 2킬로그램을 뺀다', 이렇게요.

그리고 목표를 세분화해서 계획을 세워야 합니다. 만약 사업을 하고 싶다면, 창업 스토리를 20개 정도 읽어보고 그중 본인이 응용할 만한 방법들을 추려서 정리하고, 이를 위해 해야 할 리스트를 적으면 됩니다.

마지막은 계획을 실행하는 것인데요. 물론 이게 참 어렵죠. 그래서 다른 기술 하나를 더 공유할게요. 엉뚱할 수 있는 비유지만 만약 코끼리를 먹는 게 목표라면, 이를 언제 다 먹나 막막하기만 할 거예요. 방법은 간단합니다. '한입씩' 먹는 거예요. 한입씩 꾸준히 먹다보면 다 먹을 수 있거든요. 목표를 잘게 나누면, 크고 거창하게만 보이던 목표도 이룰 수 있다는 사실을 잊지 마세요.

먹을 코끼리를 정하고, 하루 먹을 양을 정하고, 그 목표치를 달성하면 됩니다.

이것을 꾸준히 하면 어떤 코끼리든 먹을 수 있지요.

막연히 '저 큰 코끼리를 언제 먹지?' 겁만 먹고 있다고, 코끼리가 작아지진 않지요. 코끼리가 부담스럽다면 사자부터, 사자도 부담스럽다면 치타부터, 치타도 부담스럽다면 고양이부터. 작은 것부터 성취하는 경험을 쌓고 더 큰 목표로 옮겨가면 됩니다. (동물은 목표의 크기를 위한 예시로 비유한 겁니다.)

태산이 높다하되 하늘 아래 뫼이로다

오르고 또 오르면 못 오를 리 없건마는

사람이 제 아니 오르고 뫼만 높다 하더라.

－〈태산가〉

꿈을 위한 약속

　많은 이들이 의미 없는 만남을 하느라 자신과의 만남, 자기 꿈과의 만남을 미룹니다. '나 약속 있어'라는 말이 실제론 '내 꿈과 관련 없는 모임에 나가고 있어'를 뜻하는 경우가 있지요. '지금 내 꿈을 위한 모임에 가고 있는가?' 스스로에게 물어보면 어떨까요?

　저는 부족한 경험을 채우려고 수십 곳이 넘는 학원에서 상담을 받아봤어요. 연기학원, 노래학원에 가봤더니 비가 오는 날이면 많은 수강생들이 학원에 안 나오더라고요. 배우, 가수가 되고 싶은 '꿈'을 고작 '비' 때문에 포기하는 거죠. 운동센터도 '회식을 간다' '친구와 삼겹살을 먹으러 간다'며 안 오는 분들이 정말 많았습니다. 좋은 몸매를 만들고 싶다는 자신과의 꿈 대신, 꿈과 전혀 상관없는 모임을 택한 거죠. 인생의 매 순간이 선택입니다.

Life is a trade-off between instant pleasure and long term reward.

인생은 단기간의 즐거움과 장기간의 보상 간의 교환이다.

단기간의 즐거움에 만족하든지, 더 큰 목표를 위해 단기간의 즐거움을 포기하든지, 모두 본인의 선택인 것이죠. 소중한 사람과의 만남을 죄다 끊어내라는 이야기가 결코 아닙니다. 가끔은 그냥 아무 생각 없이 웃고 떠들며 친구들과 함께하는 시간이 지친 삶을 위로해주고, 기운을 북돋아주기도 하죠. 하지만 꿈과의 약속이 먼저여야 한다는 것이죠.

달라지고 싶다면, 새로워지고 싶다면 '꿈의 모임'에 더 자주, 더 많이 참석해야 합니다. 이때 중요한 것은 사람들의 현명한 말에 귀기울이는 자세죠. 나보다 경험이 많고 생각이 깊은 여러 사람의 조언을 본인의 잣대로 평가해서 거부하고 따르지 않으면, 계속 자기 생각으로만 버티고 있으면 '꿈의 모임'도 무용지물일 뿐입니다.

저는 독서를 시작하고 일정 성과를 만들기까지는 기존에 알던 이들과의 모임엔 일절 나가지 않았습니다. 지인들의 결혼식, 장례식, 추석, 구정… 어느 때 어느 곳에도 전혀 모습을 보이지 않았어요. 투병 중이라 가기 어렵다고 말했지요. 이제 사실을 말합니다. 몸이 힘들기도 했지만 그 시간에 독서를 했습니다. 제 꿈과 만났습니다. 저 자신과의 훈련으로 채웠습니다.

이지성 작가님의 《18시간 몰입의 법칙》을 읽어보거나 그의 기존 인터뷰들을 연구해봐도 알 수 있지요. 그도 서른넷까지는 사회와의 연을 끊다시피 하고, 오로지 교사 일에서 최고의 성과를 내고 베스트셀러를 쓰는 데 전념했습니다. 축구선수 손흥민 씨도 은퇴할 때까진 연애와 결혼을 미루겠다고 했지요. (찾아보니 데이트를 한 기사는 나옵니다만.)

이런 모습들이 미친 것처럼 보이나요? 미친 것이 맞지요. 꿈에 미쳐 있는 겁니다. '불광불급(不狂不及)'이라는 말이 있지요. 《미쳐야 미친다》라는 책을 보면 '미치지 않으면 미치지 못한다'라며 박지원, 정약용 등 18세기 조선의 지식인들이 무엇에 미쳐서 어떤 성과를 만들어냈는지에 대한 설명이 나옵니다. (영어책 저자이기도 한 저로서 영단어를 넣어 설명하자면, 미치지 않으면(not crazy about something) 미치지 못한다(can't reach)라고 할 수 있습니다.)

저는 꿈에 미치지(crazy for your dream) 않은 인생은 미친(정신 나간) 것(out of mind)이라고 말합니다. 자신을 찾는 데 미쳐야 하고, 꿈을 발견하는 데 미쳐야 하고, 꿈을 이루는 데 미쳐야 합니다. 이것이 빠진 삶은 미친(out of mind, bad) 삶이지요.

꿈에 미친 우리가 되길 응원합니다.

"인간은 자기 스스로를 실현하는 한에 있어서만 실존한다."

- 사르트르, 프랑스 철학자

바다에서 헤엄치기

횟집 수조에는 물고기들이 있습니다. 그 물고기들은 살아 있을까요? 네, 살아는 있습니다. 하지만 살아 있다(survive)고 해서 사는(live) 것은 아니죠. 물고기는 넓은 강과 바다를 헤엄치며 먹이를 찾아다녀야, 진정 사는 것이라고 할 수 있지 않을까요?

그런데 간혹 수조의 물고기와 비슷한 분들이 있어요. 열심히 하라고 다그치면 자극을 받아 노력해야 하는데 아무런 반응이 없습니다. '네까짓 게 뭐 잘났다고 나한테!' 하고 분노를 에너지 삼아 치열하게 자신을 단련하고 보란 듯이 성장해야 하는데, 잠깐 성질만 낼 뿐 얼마 후면 원래의 관성대로 돌아갑니다.

수조에서 탈출해야죠! 저 넓은 강과 바다에서 헤엄쳐야 하는 것 아닐까요?

왜 수조에서 '아, 편하다' 하고 숨만 쉬고 계신가요?
왜 주말마다 집에서 TV, 스마트폰만 보고 계신가요?
왜 지하철과 버스에서 눈만 감고 있거나 하며, 무가치하게 시간을 버리시나요?
왜 에너지 넘치는 아침 시간을 늦잠 자느라 낭비하시나요?
왜 감성 넘치는 밤 시간을 인터넷을 하느라 허비하시나요?

《어른으로 산다는 것》은 미처 어른이 될 준비를 못한 채 나이들어버려 불안한 어른들에게 보내는 정신과 전문의의 진심 어린 위로가 담긴 책입니다. 이 책에서 여러분도 공감할 만한 부분이 있어요.

어른이란 제 인생의 짐을 제가 들고 가는 사람이라 할 수 있다.
그 짐은 무겁지만 좋은 점도 참 많다. 그 짐을 내가 드는 순간,
나는 나의 길을 선택할 수 있는 자유를 얻는다.

'어른이란 제 인생의 짐을 제가 들고 가는 사람'이라는 표현, 와 닿지 않으세요? 이 말을 조금 바꿔보면 어른은 '제 인생의 크기를 제가 결정하는 사람'이라고도 할 수 있을 것 같아요. 수조에 자신을 가두지 마세요. 넓은 바다에서, 도전하고 배우고 변화하고 성장하세요!

당신 세상의 크기는 어느 정도인가요?

수조에 갇혀 살지,
바다에서 자유롭게 헤엄치며 살지는,
오직 자신의 선택입니다.

당신은 초능력자인가요?

Time stopper : 시간을 멈추는 사람

Time rewinder : 시간을 되돌리는 사람

Time warper : 시간을 이동하는 사람

Time waster : 시간을 낭비하는 사람

길거리에서, 버스에서, 지하철에서, 강의실에서 우리는 많은 초능력자를 봅니다. 타임 웨이스터(time waster), 즉 시간을 낭비하는 사람들이죠. 시간을 이동하거나 되돌리는 초능력은 참 멋진데, 시간을 낭비하는 초능력은 정말 아무 쓸모가 없는 것 같아요.

엘리베이터를 기다리면서 멍하니 숫자를 바라보는 2분,

지하철을 갈아타는 5분,

버스를 기다리는 10분,

식사 때마다 TV를 켜놓고 보는 20분,

잡생각으로 보내는 2시간의 출퇴근…

그 시간이 모여 우리의 하루를 만듭니다.

그 시간이 모여 우리의 일주일을 만듭니다.

그 시간이 모여 우리의 한 달을 만듭니다.

그 시간이 모여 우리의 1년을 만듭니다.

그 시간이 모여 우리의 인생을 만듭니다.

저는 예전에 걸으면서 노래 연습을 했어요. 노래방에 갈 돈도 없었고 남아도는 게 시간이어서, 슬슬 걷기 시작했는데 의외로 재미가 있더라고요. 걷다가 신이 나면 속도를 올려 달리기도 했어요. 숨을 쉬며 하루하루 살지만 '생명력'을 느껴본 적 없다가, 걸으면서 땀을 흘리고 심장이 뛰고 호흡이 거칠어지는 것을 직접 느껴보니 소소한 변화 하나하나까지 모두 신기했어요. 그렇게 삶이 조금씩 달라지기 시작했죠.

세계적인 연설가이자 베스트셀러 작가인 브라이언 트레이시는 시간관리에 관한 책도 많이 썼는데요. 한 책에서 '자동차를 도서관으로 만들어라'라는 이야기를 합니다. '사람들이 운전을 많이 하는데 차에서 오디오북을 들으면, 매일 운전하는 시간을 도서관으로 바꿀 수 있다'라는 것이죠. 이 이야기를 듣고 저도 이동할 때 오디오북을 듣기 시작했어요. 덕분에 더 빠르게 많은 것을 배울 수 있었죠. 사실 오디오북의 자료가 많지 않고, 구하기 번거로운 것이 사실이에요. 그런데 요즘은 유튜브 덕분에 오디오 강의가 넘쳐나고 있습니다. 마치 '이렇게 많은데도 이동 시간에 멍때릴래?' 하는 것 같네요.

하루 일과 중 걷는 시간은 꼭 확보하세요. 몸을 움직이고, 전신 감각으로 경험하다보면 수많은 발견을 축적할 수 있으니까요. 책을 몇 장 읽은 후 책에서 던지는 질문에 대해 생각하며 걸어도 좋습니다.

'운동할 시간이 없다'라고 말하는 대신 출퇴근, 등하고 때 한두 정거장 먼저 내려서 걸어보면 어떨까요? 걸으면서 음악을 들어도 되지만, 강의를 들어도 됩니다. 걸으면서 강의만 들어도 되지만, 강의 내용을 외국어로 통역하는 훈련을 해도 됩니다. 이런 모습을 촬영해서 유튜브 콘텐츠로 만들면 수익화도 가능합니다. 저는 건강과 재정의 여유가 안 돼서 해외연수를 갈 수 없었습니다. 그래서 걸으면서 책을 읽고 영어를 익혔습니다. 비용도 안 들었지요. 아니, 비용만 안 든 것이 아니라, 나중에 영어로 돈을 벌고 회사도 만들었지요.

당신은 초능력자인가요?
우리 '시간 이동'은 못하더라도
'시간 낭비'는 하지 않도록 해요.

'수진이' 기법

저는 《100단어 영어회화의 기적》이라는 책에서 '수진이' 기법에 대해 설명한 적이 있습니다. 자신이 성공할 수밖에 없도록 자기계발 환경을 만드는 것, 즉 '배수진'을 조금 귀엽게 네이밍해본 것인데요. 제가 영어 교육 외에도 성인 진로 코칭, 목표 코칭 등을 통해 수천 명을 만나며 느낀 것은 정말 많은 이들이 '본인의 꿈을 이루지 않으려고 피해 다닌다는 것'이었습니다.

'사업으로 돈을 벌고 싶다, 그냥 돈이 많았으면 좋겠다, 책을 쓰고 싶다, 노래를 잘하고 싶다, 세계 평화를 위해 노력하고 싶다' 등등 다양한 꿈을 지닌 사람들에게 '그 꿈을 이룰 수밖에 없도록 자기계발 장치를 설정하라'고 주문하면 대개 이런 식의 답을 내놓으시더라고요.

'하지 않으면 친구에게 5만원을 준다, 꿈을 위해 지인들과 모임을 결성한다, 안 하면 한 달간 옷을 안 산다' 등등. 이런 식의 '충분히 감당할 만한, 사실상 도주로를 설정하는 것'을 보고 조금 화가 났습니다. 5만원은 감당 못할 아주 큰돈은 아니죠. 본인과 비슷한 레벨의 지인들과 모임을 가지면 즐겁게 대화를 나누며 친목을 다지다가, 정작 꿈은 흐지부지되겠죠. 옷은 한 달 정도 안 사도 되죠.

이게 무슨 배수진인가요? 배수진은 뒤에 물(강)을 두고 진을 치는 것을 말합니다. 앞에서 적이 쳐들어오는데 도망가봤자 물에 들어가면 적군이 더 쉽게 우리를 죽이겠죠. 도망쳐도 어차피 죽게 되니 오직 정면 승부해서 이기는 수밖에 없도록 하는 것이, 진정한 배수진입니다.

진정한 수진이 기법은 성공을 위한 길을 제외하고는 다 끊어버리는 것입니다.

성공의 길 하나만 남기는 것입니다.

성공 말고는 다른 길이 없으니, 할 수 있는 것은 성공뿐이도록 만드는 것입니다.

예를 들어 '3년 치 정도의 연봉을 기부 약정하기' '가진 돈 전부를 기부하기' '무급 페이로 성공자들과 같이 일하기' '애인과 헤어지기' '가족과 연을 끊기' 같은 것이 진짜 배수진입니다. (한석봉의 어머니가 한석봉에게 '글공부를 끝낼 때까지 찾아오지 말라!'고 했던 것도 비슷한 예죠.) '너무 부담되는 거 아냐?' '이런 걸 어떻게 해?'라는 생각이 드시나요?

'안 하면 죽겠다!!' 생각이 들어야, 하게 된다고요!

꿈을 찾는 중이라면, 꿈을 찾을 수밖에 없도록 하고 나머지 길은 다 제거합니다. 꿈을 찾고 싶다면서 계속 부모님 지원을 받고, 하기 싫은 일이지만 월급이 나온다고 계속 회사에 다니면, 결코 꿈을 찾을 수 없습니다. 자기계발은 '취미'가 아니라 '생존'임을 반드시 기억해주세요.

쉬운 것만 하면,
쉬운 사람이 됩니다.

아무나 할 수 있는 것을 하면,
아무나가 됩니다.

자기계발, 정말 제대로 하고 있나요?

예일대에서 졸업생을 대상으로 '당신은 구체적인 목표를 글로 써서 가지고 있습니까'라는 질문을 했습니다. 이 질문에 단 3퍼센트만 'yes'라고 답했는데요. 20년 후 예일대는 그 졸업생들 중 생존자들을 대상으로 재산을 조사했습니다. 어떤 결과가 나왔는지 짐작되시나요? 3퍼센트에 해당하는 집단이 나머지 97퍼센트보다 더 많은 재산을 가지고 있었답니다.

하버드대에서도 MBA 졸업생들을 대상으로 비슷한 연구를 했습니다. 졸업생 중 3퍼센트는 목표와 계획을 글로 적어두었다고 했고, 13퍼센트는 목표를 생각해두고만 있다고 했죠. 10년 뒤 목표가 있었던 13퍼센트는 목표가 없던 84퍼센트보다 평균 2배의 수입을 올리고 있었어요. 그리고 목표를 글로 적어두었던 3퍼센트는 나머지 97퍼센트보다 10배의 수입을 올리고 있었습니다.

여러 번 이야기했지만, 저는 성인이 되어서야 꿈을 찾기 시작했습니다. 집에는 수억 빚이 있었고, 저는 수년간 투병하느라 아무 스펙이 없는 상태였죠. 꿈을 찾는 데 수년의 시간과 에너지를 쏟았습니다. 찾은 꿈을 이루는 데 또 수년의 시간과 에너지가 필요했습니다.

하지만 목표를 종이에 적어둔 덕분인지, 초기에 세웠던 목표 대부분을 이루었습니다. '강남에서 사업을 하고, 차를 여러 대 사고, 책을 2권 출간한다'라고 적었던 목표는 이미 9권 출간(약 50만 부 판매) 등으로 초과 달성했습니다. 이른 나이에 4억이 넘는 돈을 기부하기도 했습니다.

가난이 대물림되는 것이 보기 싫어, 다른 이들의 꿈도 코칭해오고 있습니다. 하지만 매주 자기계발에 대해 교육하는 내용임에도 잘 따르지 않는 분들이 대부분입니다. 꿈, 자기계발을 위해 무엇을 해야 하는지 다시 정리해서 적어봅니다.

소크라테스는 '남의 경험에서 배워라'라고 했습니다. 공자는 '생각만 하고 배우지 않으면 위태롭다'라고 했습니다. 혼자 고민하고 노력해서는 대단한 것을 만들거나 훌륭한 사람이 되기 어렵다는 뜻이겠지요. 인생도 우리보다 먼저 '잘 살아간 이들'을 참고하는 것이 좋지 않을까요?

기존에 자기계발에 대해 연구한 이들이 있습니다. 수많은 성공자들의 공통점을 공부하고 그 노하우를 책으로 정리한 것들이 있지요. 그 무수한 성공자들은 목표를 종이에 적었다는 공통점이 있습니다. 그런데 97퍼센트의 사람들은 목표를 종이에 적지 않습니다. 물론 롤모델이 없는 경우도 99퍼센트에 가까울 겁니다.

율곡 이이는 《격몽요결》에서 '배우려는 자는 성인(聖人)이 되려고 마음먹어야 한다. 스스로 하지 못한다고 물러서려는 생각을 가지면 안 된다'라고 말했습니다. 즉 이왕이면 위대한 인물을 목표로 삼아 노력하자는 뜻입니다. 하지만 코칭을 해보면 롤모델을 적는 소수의 사람들도 요즘 유행하는 인물을 쓰는 경우가 대부분입니다. 특히 최근에는 '나 이렇게 돈 벌었어'를 마케팅하는 자칭 부자들을 적는 경우가 많습니다.

저도 처음에 부자, 자기계발 공부를 하면서 '돈! 돈! 돈!'을 외치는 이들을 많이 접했습니다. 하지만 곧 '이렇게 돈만 외치는 이들이 되고 싶진 않다'라고 생각하고, 아름다운 부자들을 찾기 시작했습니다. 단순히 '나 돈 많이 벌었다'를 마케팅하는 이들에게 '매력'을 느낀다면, 본인의 가치관이 오직 '돈, 소비'에 있음을 뜻한다고 볼 수 있지 않을까요?

잘 살려면, 잘 살아간 이들을 롤모델로 정하고, 내가 이루고자 하는 것을 구체적으로 적어두어야 합니다. 그리고 율곡 이이가 말했듯 '배우려고 마음먹었다면 날마다 행동해야 할 것이고, 스스로 불가능하다고 미리 짐작하지 말아야 할 것'입니다.

자기계발, 제대로 하고 있나요?

롤모델을 정하세요.
롤모델의 노력을 분석하세요.
목표를 종이에 적으세요.

변명과 운명

중학생 때였습니다. 중간고사를 봤는데 성적이 형편없었습니다. 혼나는 걸 피하려고 컴퓨터로 제 바이오리듬을 출력해서 부모님께 보여드렸어요.

"보세요. 제 바이오리듬이 안 좋은 시기가 중간고사와 겹쳤어요. 그래서 성적이 나빴어요."

제 딴에는 나름대로 근거가 있다고 생각하고 진지하게 말씀을 드린 건데, 아버지께 엄청나게 혼났던 기억이 납니다. 변명을 대는 사람을 볼 때면 그때의 생각을 가끔 떠올립니다.

'바빠서 못했어요. 다른 일이 있어서. 출장 때문에. 버스가 늦어서. 아이를 돌봐야 해서.'

우리들은 대부분 끊임없는 변명을 만들어냅니다. 대부분은 '자신'이 아닌 '상황'이나 '타인'이 문제라고 하죠. 하지만 원인을 외부에서 찾으면 절대 해결책을 구할 수 없고, 성장할 수도 없습니다.

원인은 내부에서, '나 자신'으로부터 찾아야 합니다.
하려는 자는 방법을 찾고,
하지 않으려는 자는 변명을 찾는 법입니다.

《독서불패》는 세종대왕, 링컨, 오프라 윈프리 등 독서를 통해 성공한 사람들의 이야기를 담은 책인데요. '독서는 인생의 호흡'이라고 정의하는 이 책만큼 독서의 중요성을 간단명료하게 정리한 책도 드문 것 같아요. 다음은 이 책에 나오는 대목 중 하나입니다.

인간은 누구든 현실에 안주하려는 속성을 지니고 있다. 어느 정도의 단계에 오르면 거기에 만족하고 그만 멈추려고 한다. 그런데 인간이 처한 운명은 자꾸만 변하기 때문에 그럴 수 없다. 운명은 인간에게 다음 단계로 올라가라고 도전장을 던진다. … 그렇게 죽는 순간까지 인간은 도전을 받고 살아간다.

운명이 우리에게 던지는 도전장에 변명으로만 일관한다면, 우리는 결코 달라질 수도, 새로워질 수도 없어요. 운명이 내민 도전장에 당당히 맞서보세요. 그래야 계속 다음 단계로 올라갈 수 있으니까요. 그 과정이 바로 성장이고, 변화입니다.

바빠서 못했다고요?

하려는 자는 방법을 찾고,
하지 않으려는 자는 변명을 찾습니다.

절실함이 있나요?

언젠가 한 학생이 제게 물었습니다.

"선생님은 그런 좋은 책들을 어떻게 찾아내세요?"

제 답은 간단했어요.

"'절실함'이 있으면 됩니다."

서점의 책 담당자에게 어떤 분야의 추천도서들을 부탁하면, 리스트를 받을 수 있습니다. 그 리스트에 있는 책 30~50권을 다 읽어보고 그중에서 엄선한 1~2권이 제가 학생들에게 권하는 책들입니다.

제게는 인생에 대해 더 잘 알고 싶은 갈증이 항상 있습니다. 제 인생이 소중한 만큼 그 시간을 좋은 책들로 채워가고 싶은 마음도 간절합니다. 추천도서 리스트를 찾아내, 그걸 다 읽어내고 정리하는 노력도 그래서 생기는 것이고요. '목마른 사람이 우물 판다'라는 속담처럼, 저는 인생을 알고 싶다는 갈증을 독서로 채우고 있는 셈입니다.

　'배움의 자세'에 대한 여러 좋은 이야기들이 있습니다.

　한 제자가 스승에게 '어떠한 마음으로 배워야 합니까?'라고 질문했습니다. 그 스승은 제자를 강가로 데려갔습니다. 그리고 제자의 얼굴을 강물에 쳐넣었습니다. 제자가 숨을 참다가 괴로워하자 스승이 제자를 꺼냈습니다. 그리고 '무슨 생각을 했는가?' 물었습니다. 제자는 '너무도 숨을 쉬고 싶었습니다!'라고 답했지요. 그러자 스승은 '그 간절함으로 배우라'라고 말했습니다.

　어디서 봤는지 기억은 안 나지만 '어머니가 잃어버린 아이를 찾는 심정으로 배워라'라는 문구도 생각나네요. 《논어》에도 공자가 '나는 덕을 좋아하기를 미인을 좋아하듯 하는 자를 보지 못했다'라고 한 대목이 나옵니다. 전부 배움의 자세에 대한 설명이지요.

　어떤가요? 아이를 잃은 어머니가 '오늘은 몸이 아프니 내일 아이를 찾아야지' '요즘 바쁘니 나중에 아이를 찾아야지'라고 할까요?

정말 배우고, 답을 찾고 싶은 이라면 '바빠서, 몸이 아파서' 같은 핑계는 대지 않을 겁니다. 절실한 사람에게는 어떤 어려운 환경도 제약이 되지 않는 것 같아요. 어떻게든 방법을 찾아내니까요. 그게 갈증의 힘이 아닐까 싶습니다.

절실함이 있나요?
목이 마르면 물을 마시듯,
꿈이 말라갈 때는
꿈의 갈증을 채울 방법을 찾아보세요.

나름과 다름

"나도 나름 노력하는데 잘 안 돼."

"그 사람 참 성실해. 능력이 없어서 그렇지."

많은 이들이 이런 말을 합니다. 노력을 안 하는 게 아닌데, 별 성과가 없다는 한탄이죠. 〈표준국어대사전〉을 보면, '나름'은 이렇게 정의돼 있어요.

'그 됨됨이 또는 하기에 달림을 나타내는 말.'

'각자가 지니고 있는 고유의 방식.'

즉 '나름' 노력한다는 것은 자기 방식으로 한다는 것이고, 자신의 됨됨이나 행동에 따라 결과가 나온다는 뜻일 텐데요. 만약 '나름' 해봐도 안 된다면 '다름'을 추천해드리고 싶어요. 자기 방식으로 안 된다면, 다른 사람의 방식을 참고해 변화를 줘보는 것이죠.

어떠한 일을 이루어내려면 '정말 해낼 만큼의 노력'을 해야 합니다. 아무리 열심히 해도 잘 안 되는 이유는 '맞지 않는 방법＝내 나름의 방법'으로만 하거나 '해내지 못할 만큼의 노력＝내 기준치의 노력'을 했기 때문이 아닐까요?

왜 똑같이 예중, 예고, 예대, 총 10년이 넘는 시간을 연주하는데 누구는 세계적 연주자가 되고 누구는 동네 학원강사로 남게 되는가? 잘하는 이는 자신이 부족한 부분, 즉 자신이 마주하기 어렵고 괴로운 부분을 집중해서 훈련하고, 잘 못하는 이는 자신이 이미 잘하는 부분만 반복해서(당장은 기분이 좋다) 훈련하기 때문이다.

기억은 나지 않는 어떤 책에서 읽고 조금 개선해서 메모해둔 내용입니다. '나름의 노력'이라는 것은 '본인 기준에 할 만한 것'을 말합니다. 어렵지 않은 노력입니다. 다른 노력이 필요합니다. 분야의 최고들이 하는 방법을 택하고, 그에 맞는 노력을 해야 합니다.

아무리 노력해도 잘되지 않는다면, 열정이 줄어든다면, '다른'

방법은 없을지 찾아보면 좋겠습니다.

노력한 만큼 성과를 거두지 못하시나요?
'나름'의 굴레에만 갇혀 있는 건 아닌지 생각해보세요.
이때는 '다름'이 필요할지도 모릅니다.

분명한 것은…

저는 콤플렉스 덩어리였습니다.

목소리는 여자 같다고 늘 놀림받고,

스스로에게 자신이 없어 좋아하는 친구한테 말 한번 건네지 못

하고,

아니 근처에도 못 가보고,

어디를 가든 존재감 없이 조용히 있다 오고,

아버지는 제게 '한심한 자식'이라 하셨고

여동생에게조차 늘 욕먹고 무시당했죠.

콤플렉스는 넘쳐나는데, 돈은 늘 부족했어요.

밥값을 아끼려고 굶는 날이 많았고,
설사 먹는다 해도 2~3천원짜리 밥을 찾아서 먹었고,
한 달에 5만원도 안 쓰면서 버텼습니다.

그러다 책을 읽고,
사람을 만나고,
경험을 쌓으면서 결심했습니다.
더 이상 못난이로 살지 않겠다고요.

그때부터 다르게 행동했습니다.
목표에 맞는 원칙을 세우고,
거기에서 벗어나는 일은 하지 않는 것을 지켜왔습니다.

결단은 모래가 아닌 시멘트에 글을 새기듯,
마음이 움직이지 않게 고정하는 것이에요.

자기계발의 거장 토니 로빈스는 《거인이 보낸 편지》에서 이렇게 말합니다.

왜 사람들은 쉽게 결단을 내리지 못할까? 그것은 진정한 결단이 무엇인지 모르기 때문이다. … 대개는 너무 오랫동안 결단을 해본 일이 없어서 그 느낌이 어떤지 잊어버린 것이다! 진정한 결단은 모래 위가 아닌 시멘트 위에 선을 긋는 것과 같다.

저는 과거의 저와 이별하기 위해서, 기존에 알던 인맥들을 다 차단했습니다. 집에 있으면 자꾸 잠이 오길래, 무작정 지하철에 타서 책을 읽었습니다. 사회적 성공자들을 찾아다니며 그들의 연락처와, 그들과의 약속으로 제 삶을 채워나갔습니다.

콤플렉스가 있나요?
결단하세요!

'나는 더 이상 못난이로 살지 않겠다!'
외치고 환경을 바꾸세요!

힘들어서, 더 노력하는 겁니다

'요즘 일이 많아서, 피곤해서, 정신적(물질적) 여유가 없어서 못하고 있어요.' '신경쓸 일이 많아서 책이 눈에 안 들어와요'라고 하시는 분들을 자주 만나요.

그런데요. 지금까지 '여유롭고 편안해서 열심히 노력해 성공했다'라는 말은 못 들어봤습니다. 힘들고 어려우니까, 거기에서 벗어나기 위해 피나는 노력을 한 결과 성공한 사람들이 대부분이었죠.

수천 명을 코칭해왔지만 '조금 상황이 나아지면 시작해야지'라고 말하고, 정작 그것을 지키는 이는 못 봤습니다. 어려울 때는 온갖 변명을 대며 회피하다, 힘든 상황이 지나가면 그때는 또 휴식이 필요하다고 하더군요. '패자는 바람이 불면 불평하고, 승자는 바람이 불면 돛을 올린다'라는 말도 있지요.

"성공의 크기는 그가 극복한 장애물의 크기이다."

미국 흑인들의 대변인인 부커 워싱턴의 말입니다. 정말 그렇습니다. 장애물을 극복하며 성공하려고 노력하는 과정, 그 자체가 성공이며, 극복한 장애물의 크기가 클수록 성공 또한 큰 것이라고 할 수 있지요. 그만큼 노력은 힘들고 어려운 것이니, 그걸 계속하는 것만으로도 대단한 겁니다. 그 힘들고 어려운 걸 해내야만 진짜 성공할 수 있는 거고요.

과거의 나와 이별할 각오,
지금의 힘듦에서 벗어나기 위한 노력이 없다면
결코 새로워질 수 없을 거예요.

특히 분노라는 에너지는 우리를 성공으로 이끌어줄 아주 강력한 힘 중 하나입니다. 인생을 획기적으로 바꿀 수 있는 그 에너지를, 멍청하게 화만 내는 데 쓰지 않는 우리가 되었으면 합니다. 분노를 오기로, 발판으로 삼아 이를 악물고 노력해보면 어떨까요?

'상황이 조금 나아지면…'이라고 미루시나요?
지금 상황이 안 좋으니까, 거기에서 벗어나기 위해
노력해야 한다는 사실을 기억해주세요.

정면 승부하지 않으면,
무능력해서 힘들어집니다.

과거를 잊지 마세요 - 정신적 무기

앞에서 '과거의 나와 이별할 각오'를 이야기했지만, 여기서 주의할 점은 그렇다고 과거를 잊어서는 안 된다는 것입니다.

저는 예전에 밥을 사주는 사람이 없으면 굶었던 시기가 있습니다. 세상을 엄청나게 원망했죠. 그러니 더욱 부정적인 생각을 하게 되고, 상황은 계속 어려워졌어요. 식비가 떨어져 한 2주 동안을 고추장이나 된장만을 반찬으로 먹으며 버틴 적도 있습니다. 아예 밥을 거른 적도 여러 번이었고요. 정말로 100원이 모자라 먹을 것을 못 샀습니다. 건강이 안 좋았던 저를 먹이기 위해, 부모님이 끼니를 거르신 적도 여러 번이었습니다. 그런 시기를 수차례 겪고 나니, 정말로 이가 갈리더군요.

하지만 독서를 통해 긍정적 사고방식을 접하면서, 부정적 에너지를 동력 삼아 '노력'을 하기 시작했습니다. 화가 날 때마다 공부하고, 힘들수록 더 일했죠. 요즘은 굶는 일 없이 맛난 것들을 많이 먹고 있습니다. 그렇지만 저는 어려웠던 과거를 결코 잊지 않으려고 노력합니다. 과거를 잊고 현재에 안주하다보면, 언제 다시 그 지긋한 과거로 돌아갈지 모른다는 사실을 알기 때문입니다.

《나는 자주 죽고 싶었고, 가끔 정말 살고 싶었다》는 10여 년이 넘는 싸움 끝에 조현병을 이겨내고 지금은 노르웨이를 대표하는 심리학자로 자리매김한 아른힐 레우뱅의 책인데요. 사실 유명한 심리학자가 되었다면 조현병을 앓았던 과거를 지워버리거나 숨기고 싶은 마음도 들었을 것 같아요. 그런데 그녀는 오히려 그 사실을 가슴속에 깊이 새겨두고 있습니다. 자신의 경험을 바탕으로 환자들을 치료하는 것이죠.

내가 이 책을 쓴 이유는 매우 특별하다. 나는 한때 조현병 환자였다. … 예전에 조현병 환자였는데 지금은 아니라고? 그게 가능해? 절대 있을 수 없는 일이다. … 나는 그냥 조현병 환자였다. 그래서 이 병에 걸린다는 것이 어떤 것인지 안다. 세상이 어떻게 보이고 어떤 느낌으로 다가왔는지, 내가 무엇을 생각하고 무엇을 해야만 했는지 안다. 지금은 그때와 완전히 다르다. 나는 건강하다. 사람들은 조현병 환자 중에 나 같은 사람도 있다는 사실을 받아들여야 한다.

정말 대단하지 않나요? 자신의 과거를 부정하는 대신 솔직히 인정하고, 그러면서 더 큰 성장을 거듭하고 있다는 것 말입니다. 과거를 잊지 않고 이를 성장의 발판으로 활용하기 위해 거창한 행동이 필요한 것은 아닙니다. 그저 '그때의 결심이나 생각을 종이에 적어두고 자주 보기' '과거를 잊지 않게 할 기념비적인 물품을 항상 지니고 다니기' 정도면 충분해요.

여기에 더해 책을 읽고 발견한 좋은 문장을 암기해 마음속에 담아두는 것도 필요합니다. 예를 들어 '인간은 스스로 믿는 대로 된다'를 외웠다고 해볼까요? 그러고 나면 '이 나이에 영어를 할 수 있을까?' '사업에 도전해 성공할 수 있을까?' 같은 부정적인 생각들이 불쑥불쑥 고개를 치켜들 때마다, 외워서 담아둔 문장이 자연스레 생각나면서 맞서 싸워 이길 수 있는 정신적 무기가 되어준답니다.

힘든 시절은 지워버리고 싶으신가요?

잊고 싶은 과거일수록 기억해주세요.

그래야 다시 그때로 돌아가지 않기 위해

더욱 노력할 수 있으니까요.

회피자의 종착역이 행복인 경우는 없습니다.

"과거를 잊는 자는

결국 과거 속에 살게 된다."

- 괴테

가방을 사야겠다고 마음먹고 2개월가량을 검색하고, 백화점도 여러 번 찾아 물건들을 알아보았어요. 누군가는 이해하지 못하겠지만 저는 '마음에 드는' 물건을 고르는 데 시간을 몇 달간 투자하는 것도 정말 좋아해요. 여하튼 새 가방에는 원하는 조건들이 있었어요.

'로고가 드러나는 명품 브랜드가 아닐 것' '그렇다고 저렴해 보이진 않을 것' '사이즈가 적당히 클 것' '디자인이 좋긴 하면서도 불편하지 않을 것'.

마침내 원했던 가방을 골랐고 떨리는 마음으로 택배 기사님을 기다렸습니다. 그런데 아무리 시간이 흘러도 물건이 오지 않아 알아보니, 그만 실수로 다른 주소로 배송되었더군요. 그래서 힘들게 다시 찾아왔어요. 정말 어렵게 고르고 어렵게 받게 된 가방이었습니다. 다행히 제 마음에도 쏙 들고, 주변 사람들로부터 예쁘다는 소리도 듣고 있습니다. 그 가방을 매일 사용하면서 이런 생각을 했습니다.

'이 가방을 찾기 위해 검색한 시간, 찾는 동안 느꼈던 신나고 재미있던 감정, 가방을 받으러 갔을 때 생긴 에피소드… 이 가방과 얽힌 첫 느낌을 계속 기억할 수 있다면, 행복감을 더 많이 느낄 수 있지 않을까?'

우리는 얼마나 많은 것들에 대해 '맨 처음의 떨림'을 간직하고 있을까요? 연애는 물론이고 결혼, 친구, 새 인연, 새 옷, 첫 취직, 첫 출근, 새로 이사한 집 등등. 많은 경우 우리는 처음의 떨림을 유지하지 못하고, 어느 순간 그것을 당연하게 받아들입니다. 그리고 또다시 새로운 것을 갈망하게 되죠.

노자는 말했습니다.

"끝을 조심하기를 처음과 같이 하면 실패하는 일이 없다."

세계적인 성악가 조수미는 말했습니다.

"초심은 순수하고 겸손하며 의지가 있다."

자기계발서 작가 쿠니시 요시히코는 말했습니다.

"길이 막혔다면 원점으로 돌아가라. 미로에서 헤매느라 실마
리를 찾지 못할 때는 초심으로 돌아가는 것이 의외로 색다른
발견을 가져다줄 수도 있다."

모두 '초심'의 중요성을 강조한 명언들이죠. 처음 시작할 때의
그 마음, 두근거리던 떨림을 계속 간직한다면, 우린 멈추지 않고
계속 나아갈 수 있을 겁니다.

떨림을 간직하고 계신가요?

아침에 일어날 때
'나는 오늘 태어났다'라고 생각해보세요.

초심을 유지하는 것은
늘 새롭게 태어나는 일이랍니다.

6장

힘듦과 버팀

머리와 마음으로도 길을 찾지 못할 때

'왜 나만 이렇게 힘들지?'

'왜 나만 이렇게 힘들지? 내 고통을 이해해주는 사람은 아무도 없어. 나같이 사는 사람은 아무도 없을 거야.'

혹시 이런 생각을 하신 적 있으신가요? 언론에 여러 번 노출된 작가, 대표로서 다양한 사연들을 접하게 됩니다. 모두 엄청난 비밀인 것처럼 조심스레 말하지만, 사실 대부분의 이야기가 크게 다르지 않습니다. 어렸을 적 부모님이 이혼하시거나, 계속 가난하게 살다가 자살 시도를 하기도 했다는 등의 안타까운 사연을 자주 접합니다. 저도 가난과 병으로 오랜 시간 적잖이 고생해봤어요. 그래서 그 마음이 어떨지 조금은 알 수 있을 것 같습니다.

다만 아무리 힘들어도 자기 안의 좁은 우물 속에 웅크리고 있기만 하면 안 됩니다. '나만 힘들다'고 한탄하다보면, 어느덧 스스로를 비난하게 될 수도 있거든요. 프로이트의 이론을 바탕으로 국내 정신과 전문의가 풀어낸 심리서《상처받은 나를 위한 애도 수업》에 나오는 대목을 함께 읽어보고 싶어요.

누구보다 귀한 자신을 폭력적으로 대하다보면, 내 마음이 적이 될 수도 있다. 자신의 마음을 적으로 만들지 않으려는 태도가 필요하다. 그리고 내 마음은 동반자이자 조력자여야 한다. 이 모든 변화는 시간이 지나면 자연스럽게 만들어지는 일이 아니라, 우리 자신이 만들어내는 것이기 때문이다.

본인만 안 되고 힘들다고 생각하면, 자기 마음을 적으로 만들지도 몰라요. 혹은 본인만 어렵다고 여기고 상당한 에너지를 자신을 동정하는 데만 쓰게 될 수도 있습니다. 발전과 성장에 써야 할 에너지를 불평과 동정에 쓰면, 결과적으로는 그 상태를 벗어나지 못하게 되는 것이죠.

세상에는 어렵고 힘든 사람이 참 많습니다. 간접경험으로나마 김혜자 선생님의 《꽃으로도 때리지 말라》 등의 책을 읽어보면서 타인의 고통에 눈을 돌려보기를 추천해드립니다. 타인의 고통을 내 위안의 소재로 삼으라는 이야기가 결코 아닙니다. 자신을 동정할 시간을 타인을 위해 쓰다보면 자연스레 한탄에서 벗어나 보람을 느낄 수 있다는 이야기입니다.

가능하다면, 기부를 시작해보세요. 경제적 기부가 어렵다면 도움이 필요한 곳에 가서 직접 봉사하는 것도 좋겠고요. 자기 동정의 에너지를 외부로 돌리지 않는 한 '나만 제일 힘들고 고통스러운 삶'은 계속될지도 모릅니다.

'내가 힘들어서 아직 남을 도울 때가 아니다'라고
말하는 이들이 많습니다.
이들은 '나아지면, 남을 돕겠다'라고 말하죠.

이건 마치 '난롯불에 불이 활활 붙으면
장작을 넣겠다'라는 것과 같아요.
장작을 먼저 넣어야 불이 붙지요.

남을 도와야 내 그릇이 커지고,

좋은 순환이 시작되어 결국 나아집니다.

'길이 없는 곳에 난 길'

오랜 투병생활 동안 가장 힘들었던 것은 이 절망이 언제 끝날지 알 수 없다는 사실이었습니다. 기한이 정해져 있는 고통이라면 그 때까지 어떻게든 버텨보겠지만, 언제 나아지는지 나아지기는 하는 건지 알 수 없으니 답답해서 미칠 지경이었죠. 첫 번째 고통의 기간은 무려 7년에 달했습니다.

"죽음과 맞바꾸고 싶었던 그 고통의 시간을 대체 어떻게 견디셨어요?"

귀에 딱지가 앉을 만큼 많이 들었던 질문입니다. 그러게요. 정말 어떻게 버텼을까요? 만약 '끝까지 견디는 자는 구원을 얻으리라'는 〈마태복음〉의 구절을 미리 알았더라면 열심히 기도하며 좌절

을 견뎌낼 수 있었을 텐데, 그때는 알지 못했기에 그냥 버티기만
했습니다.

> "야곱 아저씨, 옳다고 느끼는 것을 따를지, 옳다고 생각하는 것
> 을 따를지 어떻게 결정해야 하나요?" …
> "내 머리가 안다고 생각하는 것을 내 마음은 알고 있지." …
> "제 머리로도 마음으로도 길을 찾지 못하면 어쩌죠?" …
> "기도는 길이 없는 곳에 난 길이지."

투병생활에서 벗어나고 책을 읽기 시작했을 무렵에 접한 《빵장
수 야곱》에 나오는 대화입니다. 정말 그래요. '기도는 길이 없는
곳에 난 길'입니다.

사실 우리 모두는 너무 작고 미약한 존재입니다. 사람에게는 한
주먹도 안 되는 돌덩어리가 작은 곤충에게는 앞을 가로막는 큰 산
이 되듯이, 작고 나약한 우리에게는 작은 문제가 큰 산처럼 느껴
질 때가 있습니다.

기도를 하면서 길을 찾다보면, 그 산을 넘을 방법을 찾을 수 있
습니다. 시야를 넓히면, 너무 크게만 느껴지던 문제도 해결할 수

있는 작은 문제로 보입니다.

제가 겪은 고통은,

이걸 밟고 더 높은 곳으로 올라서라는

신의 선물이었을지 모르겠다는 생각을 하곤 합니다.

같은 고통이 반복된다면

우리는 종종 1년, 3년, 10년 이상 비슷한 고통을 경험합니다. 만나는 상사마다 갑질을 하고, 매번 애인이 바람을 피우거나 나를 속이고, 항상 통장에 잔고가 부족할 수가 있지요. 사실 '어떻게 내게 이런 일이!'가 아니라 누구에게나 흔하게 생기는 일입니다. 하지만 이 일이, 이 글을 읽는 당신에게 계속 반복되고 있다면 그것은 그저 운이 나빠서가 아닐지도 몰라요.

'우연히 나쁜 사람을 한 번 마주쳤다면 그가 나쁜 사람이지만, 하루 종일 나쁜 사람들과 같이 있다면 당신이 나쁜 사람이다'라는 말이 있습니다. 빌 게이츠는 '가난하게 태어난 것은 당신 잘못이 아니지만, 가난하게 죽는 것은 당신 책임이다'라고 했고, 알리바바를 창업한 마윈은 '35세까지 가난하면 그건 당신 책임이다'라고 했지요. 가난하게 태어난 것은 무죄지만, 가난하게 사는 것은 유죄란 말이지요. 즉 항상 운이 없다면, 인간관계나 재정에서 안 좋은 일이 반복된다면 그 누구도 아닌 자기의 잘못일 수 있다는 말입니다.

저도 처음에 강남에서 학원을 운영하면서 매달 바뀌는 매출액, 학생 수 때문에 힘들었습니다. 매출액과 학생 수가 늘면 기분이 좋지요. 하지만 정말 성장하고 개선되는 순간은, 매출액과 학생 수가 줄어드는 때입니다. 이때 우울하고 괴로워만 할 것이 아니라 원인을 분석해야 하지요. 그러면 나아질 수 있습니다. 저는 우울할 때면 치킨과 맥주로 기분을 달래는 대신 종이에 반성일기를 적었습니다. 인과관계를 적어보고 원인을 분석했습니다.

반성할 수 있어야 완성할 수 있습니다.
반성할 것이 있다면, 발전할 수 있다는 겁니다.
반성하지 않은 인생을 반성해야 합니다.
후회되는 일이 있다면, 그 일에서 반성하고 배워야 할 일이 있다는 뜻입니다.

Look back

돌아보고

Learn from it.

배울 점을 배워내세요.

Then You can move forward.

그러면 당신은 나아질 수 있습니다.

You can live New, You can experience better.

더 나은 삶을 살고 더 재미난 것을 경험할 수 있습니다.

반성은 행동으로 합니다. '할 일이 있는데 집에만 가면 눕게 되네. 내일은 잘해야지'는 반성이 아닙니다. 행동으로 환경을 바꾸어야지요. 침대를 없애야 반성입니다. 말뿐인 반성은 만성질환입니다.

이 글을 한 번만 보거나 메모하지 않는 이, 배운 것을 바로 실행에 옮기지 않는 이는 다시 고통을 반복하게 될 겁니다. 이것은 재수없는 소리가 아닙니다. 애초에 콩을 심으니까 콩이 납니다. 콩을 안 심으면 콩이 날 이유가 없지요. 여러 번 다시 보고, 메모하고, 행동으로 옮기면 재수없게 고통을 반복할 일이 없답니다. 고통을 반복해서 경험하지 않길 응원합니다!

끈기의 방법

'목표를 이룰 때까지 힘든 경우가 많은데 어떻게 꾸준히 하나요?'라는 질문들을 많이들 합니다. 그런데 이 질문을 조금 깊숙이 살펴보면 '꾸준히 하는 것이 잘 안 되는데 어떻게 하죠?'라는 의미가 담겨 있음을 알 수 있습니다. 이에 대한 답을 해봅니다.

세계적 미래학자 레이 커즈와일은 자신의 책《특이점이 온다》에서 '곧 인간 지성을 뛰어넘는 인공지능 초지성이 나타난다'고 예측한 바 있습니다. 한가하게 이것저것 조금 해보다 말고 이럴 시간이 없는 것이죠. 저도 제 소명('좋아하고 잘하고 남을 돕는 일을 한다')을 찾기까지 정말 오랜 기간 노력했어요. 덕분에 지금은 하루 종일 제가 좋아하는 일만 합니다.

하지만 저도 처음엔 제가 잘하는 것이 무엇인지, 관심사가 무엇인지 몰라서 애를 먹었어요. 아무리 고민해도 뭐가 좋은지, 꾸준히 하고 싶은 게 무엇인지 몰랐단 말이죠. 그런데 지금의 저는 영어, 독서, 재테크, 기부, 뇌과학, 사업, 무자본 창업, 인맥 등등 다양한 분야가 전부 재미있고, 누구를 만나더라도 이에 대해서 대화를 잘 풀어갈 수 있을 정도가 됐거든요.

처음의 질문 '어떻게 끈기 있게 하나요'에 대해 과거의 제가 답을 한다면, '이유를 찾으세요. 그것을 해야 하는 이유를요'라고 말했을 거예요.

'페라리를 타고, 강남에 아파트를 사고, 이런 목표들은 돈 벌어서 하면 됩니다. 단순히 인정욕, 소유욕으로 시작한 이런 목표들은, 중간에 장애물을 만나면 '내가 군이 이걸 해서, 꼭 좋은 집과 차를 가져야 하나?'라고 생각하게 될 확률이 높고 그래서 멈출 가능성이 커요. 반드시 그것을 해내야 하는 간절한 이유를 찾으세요.'

이렇게요. 하지만 생각해보니 우리 대부분은 제대로 배우는 법을 모른다는 사실을 깨달았습니다. 즉 간절한 이유를 찾아도 배우는 법을 모르니, 잘하는 법을 모르고, 그래서 잘 못하니 실력이 안

늘고, 결국 좋아하지 못하게 되는 것이라는 생각이 들었습니다.

즉 '무엇을 잘하는 법'을 배울 수만 있다면, 빠르게 잘하게 되고, 잘하는 것을 좋아하게 될 확률이 올라가겠죠? 잘해서 성과도 잘 나니, 굳이 끈기 같은 것을 생각할 필요 없이 계속하게 될 거고요.

이유를 충분히 찾고,

잘 배우는 방법을 찾으면,

잘하게 되니 좋아서

끈기 있게 할 수 있게 됩니다.

‘왜 자꾸 같은 실수를 반복할까?’

《논어》에 '안회라는 사람이 배우기를 좋아해서 같은 잘못을 두 번 저지르지 않았다'라는 내용이 나오지요. 나는 배우기를 얼마나 좋아하는지, 비슷한 실수를 자꾸만 반복하지는 않는지, 반성하게 하는 문구입니다.

사실 우리는 같은 실수와 잘못을 되풀이하곤 합니다. 대체 왜 그럴까요?

같은 실수를 하고, 같은 꾸짖음을 듣고, 그런데도 내가 틀렸다는 것을 인정하지 않아서 같은 실수를 되풀이하며 살아갑니다. '반 성'하지 않아서 계속 '반복'하게 되는 것이 아닌가 싶어요. 소크라 테스는 말했습니다.

"반성하지 않는 삶은 살 가치가 없다."

좀 극단적인 표현처럼 느껴지기도 하지만, 그만큼 반성이 중요하다는 사실을 강조한 것이겠죠. 실수를 했을 때 부끄러워만 하지 말고, 어떻게 고쳐서 나아가야 할지 고민해보세요. 잘못을 했을 때 회피하거나 자책하지만 말고, 앞으로 다시 잘못하지 않으려면 무엇을 해야 할지 생각해보세요. 실수와 잘못의 반복을 피하는 길은 반성뿐입니다.

바둑기사 이창호 9단은 '복기(復棋)는 패자에게 상처를 헤집는 고통을 주지만, 패자가 승자보다 더 많은 것을 얻을 수 있는 시간'이라고 했습니다. 즉 안 좋은 결과가 나왔을 때 '반성'을 제대로 하면 나아질 수 있다는 것이죠.

다만 반복에도 좋은 반복이 있어요. 노력의 반복, 성취의 반복 등이겠죠. 그리고 또 한 가지, 독서의 반복입니다. 저도 과거에 〈신약성서〉를 7독하고 나자 신기한 일이 벌어지더라고요. 《성경》의 방대한 내용이 물 흐르듯 매끄럽게 정리됐고, 목사님의 설교도 훨씬 재미있게 들린 겁니다. 설교를 듣는 즉시 머릿속에서 《성경》의 책장이 넘어가면서 해당 내용이 있는 위치에서 펼쳐졌어요. 스스

로도 믿기 힘들 정도였죠. 실수를 반복하면 실패가 되지만, 독서를
반복하면 지혜가 되는 것이 아닐까 싶습니다.

실수와 실패의 반복은
반성을 통해 벗어나세요.

우리가 반복할 것은
노력, 성취, 그리고 독서입니다.

힐링 수첩

저에게는 이른바 '힐링 수첩'이 있어요. 제가 한 다짐과 결심들, 저를 자극하고 응원하는 명언들을 적어놓은 노트죠. 몇 가지만 살짝 보여드릴게요.

"자신에게 명령하지 못하는 사람은 남의 명령을 들을 수밖에 없다." - 니체

"독서는 지식의 재료를 줄 뿐이다. 자기 것으로 만드는 것은 사색의 힘이다." - 로크

다짐이 흔들릴 때, 성과 없는 노력에 지칠 때 '힐링 수첩'에 적힌 문구들을 보며 다시 마음을 굳게 먹습니다. 실수를 반복하고 싶지 않은 분, 노력을 계속 이어가고 싶은 분에게, 독서와 함께 정말로 권하고 싶은 습관은 '메모'입니다. 독서와 메모, 이 2가지가 아무것도 아니었던 저를 끌어올려준 원동력이라 할 수 있을 것 같아요.

　단순히 할 일 정도를 적어놓는 것이 아닙니다. 무언가를 깨닫고 느낄 때마다, 메모하길 권해드려요. 잘못한 일이 있다면 그 원인은 무엇인지, 해결방안은 무엇이 있을지도 적어보세요. 잘한 일이나 칭찬받은 일도 모두 적어보시고요.

　많은 분이 메모의 힘을 긍정하지만, 실천하지는 않습니다. 그 이유 중 하나가 자기 머리를 믿기 때문이 아닌가 해요. 10분만 지나도 금세 까먹을 일들을 적기 귀찮다는 이유로 흘려보내는 경우가 생각보다 참 많습니다. 그래서 바로 또 잊어버리고 같은 실수를 반복합니다. 실수하고 후회하고 잊고, 또 실수하고 후회하고 잊고를 반복하는 사람들을 주위에서 수없이 보아왔습니다.

　이 책의 활용법과 관련해서도 메모를 권해드리고 싶어요. 집중하고 깊게 생각하기 위해 책을 필사하면 좋습니다. 손으로 적는 게 힘들면 컴퓨터로 타이핑해도 됩니다. 자기화하는 데 도움이 되어 평소의 생각 패턴을 바꾸는 데도 결정적 역할을 할 거예요.

　다만 이 책은 '생각거리'를 주는 역할일 뿐이고, 나머지 절반은 여러분의 몫입니다. 행동해서 인생에 적용하면 자신만의 멋진 스토리가 나올 거예요. 그럼 꼭 후기를 남겨주시면 좋겠어요. 그걸 본 다른 분들에게 희망과 꿈이 될 테니 말입니다.

인생은 실수의 연속이지만,

같은 실수를 반복하는 것은

자신과 주위 모두를 피곤하게 만드는 행위입니다.

무언가를 깨달으셨다면,

바로 적어두세요. 지금!

실패는 성공을 향한 계단

실패를 경험해 좌절하면 어깨는 처지고, 한숨이 나오고, 누구를 만나기도 싫고, 정말 아무것도 하고 싶지 않아지죠. 저는 수천 번이 넘는 실패를 경험했습니다. (올해도 2천 번 이상 실패와 거절을 경험했지요.)

하지만 그럴 때마다 문제의 원인을 분석하고, 같은 실패를 경험하지 않기 위해 방법을 수정하고, 저 자신을 계속 훈련했습니다. 그러다보니 조금씩 나아가게 되더군요. 아직도 고쳐야 할 부분은 많지만요. 독일 소설가 장 파울은 이런 말을 했습니다.

"실패한 자가 패배하는 것이 아니라 포기한 자가 패배하는 것이다."

고개를 절로 끄덕이게 되는 말인 것 같아요. 한 언론사와 인터뷰하면서 '대표님은 어떻게 하는 일마다 성공하죠?'라는 질문을 받았어요. '저는 늘 실패의 연속입니다. 계속 실패하니까 성공하지요'라고 답했더니 '실패한 것이 없는 것 같던데요?'라고 되문더라고요. 그런데 당시 내부 직원 중에는 제게 '대표님은 왜 하는 일마다 안되세요?'라고 항의(?)하는 분도 있었습니다. 대체 어떻게 된 사연일까요?

뭔가 해내기 위해선 10번, 20번, 그 이상을 시도해야 합니다. 그런데 보통 언론에 보도되는 것은 마지막 22번째, 230번째에 성공한 것이 나가지요. 그것만 본 대중은 '저 사람은 매번 성공해'라고 생각합니다. 앞의 21번, 229번의 실패를 못 봤으니까요. 실패가 있기에 성공이 있는 것입니다.

모든 실패는 성공을 향한 한 계단입니다. 고 정주영 현대그룹 창업주는 자서전《시련은 있어도 실패는 없다》에서 이렇게 말했습니다.

그래, 두고 보자. 장애란 뛰어넘으라고 있는 것이지 걸려 엎
어지라고 있는 것이 아니다.

실패도 마찬가지입니다. 되도록 실패하고 싶지 않고, 실패를 하
면 좌절하겠지만, 실패 역시 우리 삶에서 아주 중요하다는 사실을
기억해주세요. 실패가 쌓이고 쌓여 성공의 계단이 되어줄 수 있다
는 것을 잊지 말아주시기 바랍니다.

실패가 정말 싫으시다고요?
에디슨은 말했습니다.

"많은 인생의 실패자들은 포기할 때
자신이 성공에 얼마나 가까이 있었는지 모른다."

'오기'로 '포기'를 극복하는 순간

우리는 포기라는 말을 쉽게 쓰는 것 같아요. 하고 싶었던 일, 해야 하는 일 등에 '포기'라는 단어를 쓰곤 하는데, 사실 진짜 포기할 것은 따로 있지 않을까요?

'나쁜 습관' '의미 없이 TV, 스마트폰 보기' '술, 담배' '게으름' '그냥 외로워서 진짜 친구도 아닌, 무의미한 사람을 만나는 일' 등 말입니다. 혹은 '쓸데없는 교만이나 잘난 자존심, 허영' 같은 것도 포기의 대상들이죠.

힘들어서, 아무리 해도 안 되어서, 너무 고통스러워서 포기하고 싶으신 거라고 말씀하시는 분들도 있을 겁니다. 저도 알아요. 특히 주변에서 '넌 절대 안 돼'라는 말을 계속 듣다보면 헛된 꿈을 품고 있는 건가 싶어서, 자연스레 포기를 떠올리게 되죠. 그런 분들께 《네 안에 잠든 거인을 깨워라》에 나오는 대목을 들려드리고 싶어요.

우리가 한때 부정적인 것이라 생각했던 감정은 행동을 취하라는 신호일 뿐이다. … 이제부터는 '부정적인 감정' 대신에 '행동 신호(Action Signals)'라고 부르겠다. 일단 각각의 신호와 그 뒤에 숨어 있는 의미에 익숙해지기만 하면, 감정은 적이 아니라 우방이 돼줄 것이다.

부정적인 감정을 '행동 신호'로 받아들이면, 그 감정이 내 편이 되어준다는 겁니다. 고통의 단계에서 '포기'하느냐, 이를 '행동 신호'로 여기고 끝까지 해보겠다는 '오기'로 이겨내느냐에 따라 삶이 달라지는 것이고요. 통계적으로도, 한 분야에서 성공한 이들은 대개 15~17번 이상의 실패를 경험한다고 합니다.

인내하고 버텨내세요.
끈질기게 견뎌내세요.

처음에 잘하려고 하지 마세요.

꾸준히만 하세요.

그렇게 마침내 '오기'로 '포기'를 극복하는 순간, 그 장한 자신
을, 자랑스러운 스스로를 통해 비로소 행복해질 수 있을 겁니다.

정말 포기하고 싶으세요?

우리 '한 글자'만 바꿔봐요.

'포'기를 '오'기로 바꿔 이겨내봐요.

성공과 행복이 찾아올 겁니다.

꽃길과 흙길

'꽃길만 걸으세요~' 같은 말, 참 듣기 좋지요. 응원의 마음을 담은 이야기라 위로도 되고 힘도 되고요. 하지만 안타깝게도 우리가 걷는 인생의 길에 꽃길만 펼쳐질 수는 없습니다. '꽃길만 걸으라'가 덕담이 되는 이유도 그래서인 것 같아요. 꽃길만 걸을 수 없다는 걸 모두 알고 있는 것이죠.

살다보면 원하지 않는 힘겨운 상황과 문제, 불편한 인간관계 등이 항상 생기기 마련입니다. 힘든 일을 겪지 않는 사람은 없지요. 우리는 상황을 선택할 순 없지만, 주어진 상황에서 무엇을 할지는 선택할 수 있습니다. 어렵게만 보이는 상황이지만 그것을 극복하겠다고 선택하면, 분명 이겨낼 수 있는 경우가 많아요. 장기적인 시각으로 보지 못하고 지금 내 앞에 놓인 장애물만 바라보면, 그 것은 고난으로만 남게 됩니다.

그 차이입니다.
조금 더 먼 시각으로 구름 너머의 태양을 볼 수 있는가,
태양 아래 구름만 보며 길이 없고 힘들다고 불평만 할 것인가.

당신이 극복한 장애물의 크기가 성공의 크기라는 말도 있습니다. 고난을 극복하면 꽃이 됩니다.
그리고 또 한 가지, 꽃길이 아닌 흙길도 충분히 의미가 있다는 말씀을 들려드리고 싶어요. 고대 로마의 황제 아우렐리우스는 이런 말을 했습니다.

"네가 외적인 일들로 인해서 마음고생을 하고 있다면,
그것은 그 일들 때문이 아니라
네가 그것들을 어떻게 평가하고 있는가에 의해서다.
그 평가와 판단을 한꺼번에
지워버릴 수 있는 것도 너의 손 안에 달려 있다."

흙길을 걸어봐야 꽃길을 갈망할 수 있고, 또 꽃길을 걷게 되었을 때 진정 보람과 기쁨을 느낄 수 있는 것 아닐까요? 흙길까지 포용할 수 있는 여유가 우리를 행복하게 만들 겁니다. 비록 예쁘고 향기로운 꽃길은 아니지만, 길가에 난 풀 한 포기, 길가를 지나는 작은 동물을 보며 생명력을 느끼면서, 우리 역시 용기를 얻고 의지를 다질 수 있을 테니까요.

꽃길만 걷길 바라시나요?
그렇다면 우선 흙길부터 걸어야 합니다.
한 걸음, 한 걸음 걸어가다보면
어느새 꽃길에 도달해 있을 거예요.

동기부여는 밥 먹듯이

동기부여는 매일 해야 합니다. 정신적 동기도 내가 행동하거나, 주위의 부정적 사람을 경험하거나 등의 이유로 소진되거든요. 우리가 밥을 매일 먹듯이 동기부여도 매번 다시 채워야 합니다.

정말 많은 이들이 이것을 인지하지 못하고 '책도, 강의도 그때뿐이야' 하고 아예 접하는 것을 포기하곤 합니다. 그래서 깨닫고, 자극받은 바를 종이에 적어놓고 자주 보고, 소리내어 읽고 생각해야 합니다. 글자를 단지 보는 것이 아니라, 보면서 '생각'을 하고 마음을 다져야 합니다. 삶에 대한 교훈이 담긴 고전《채근담》에 이런 말이 나옵니다.

책을 읽으면서 성인이나 현자를 보지 못한다면, 그는 글씨를
베끼는 사람에 지나지 않는다.

성인이나 현자를 보려면, 그저 읽기만 할 것이 아니라 생각이 필요한 것이죠. 그리고 동기부여가 오래가지 못하는 또 다른 이유는 주위에 자극을 줄 만한 사람들이 없기 때문입니다.

"책 읽었는데 그것도 몰라?"

"영어 공부한다는 사람이 그것도 몰라? 발음이 왜 그래?"

"태어난 대로 살아야지. 사람은 안 바뀌어."

이처럼 부정적인 말을 일상적으로 듣게 되면, 뭔가 열심히 하려고 마음을 먹다가도 낙담하게 됩니다. 그리고 스스로도 계속 부정적인 생각을 하게 되죠.

'그래, 난 안 될 거야.'

'내가 해낼 리 없어.'

정말 변하고 싶다면, 자신이 원하는 삶으로 건너가기 원하신다면, 그런 삶을 실제로 사는 사람들을 많이 만나세요. 영어 실력을 키우고 싶다면, 영어모임에 나가 영어를 잘하는 이들을 만나보세요. 책을 많이 읽고 싶다면 독서모임에 나가보세요. 돈을 많이

벌고 싶다면 재테크·부동산모임에 나가보세요. 만나서 이야기하고 그 에너지를 느껴보고 모방하려고 노력하세요.

부정적인 이야기와 자신의 인생을 한탄하는 사람들과의 관계를 줄여나가세요. 독서의 중요성을 간과할 수는 없어요. 시간은 한정되어 있고 모든 사람을 만날 수 없으니 대신 독서를 하는 거죠. 하지만 직접 사람을 만나는 것이 가장 많은 에너지를 받을 수 있는 동기부여의 방법이라는 것은 분명한 사실입니다.

고인 물은 썩게 됩니다. 계속 새로운 좋은 물을 채워야 맑음이 유지되죠. 사람도 마찬가지입니다. 《논어》에도 'Have no friend not equal to yourself'라는 말이 나옵니다. '꾸준히 나은 이를 친구로 사귀어야지, 비슷한 이들과 어울리지 말라'는 말이지요.

자신이 원하는 모습으로 사는 사람들을 만나서
이야기를 나누세요.
그래야 원하는 인생으로 삶이 변화합니다.

하던 것만 하면,
얻던 것만 얻습니다.

꿈을 이뤄야 하는 이유

변화와 성장에 있어 가장 중요한 것은 '왜'입니다. 성장에 있어서 꿈을 이루어야 하는 분명한 이유가 있는 사람과 없는 사람의 차이는 정말 엄청나요.

우리가 쉽게 달성할 수 없는 100짜리의 목표가 있다고 가정할게요. 보통은 이런 목표의 10~30퍼센트 정도만 달성하게 됩니다. '왜?'가 절실하지 않으면 목표와의 격차인 70만큼을 상처받고 좌절하게 됩니다.

그래서 다음번에는 무리하지 않는 선에서 목표를 50으로 잡게 돼죠. 그런데 목표가 낮아져도 이미 자신감이 줄어들었기 때문에,

이번에는 10 정도밖에 달성하지 못하게 됩니다. 역시 40만큼의 상처를 안게 되죠.

그리고 자신을 비난하며 '내가 이렇지 뭐, 난 역시 안 돼'라고 합리화를 합니다. 이 때문에 목표 세우기를 멈추거나 아주 낮은 목표 세우기를 반복합니다.

하지만 '왜'가 분명하면, 70만큼의 상처를 가슴으로 받아내며 200의 목표를 세웁니다. 목표가 높아졌지만, 그 목표를 이루어야 할 이유를 다시 한번 자신에게 납득시켰기에 100 정도의 성과를 얻어냅니다. 하지만 또 100만큼의 꿈의 격차를 낳기에, 많은 사람이 여기에서 상처를 받고 떨어져나갑니다.

목표를 위한 간절한 이유를 알고 있는 사람들은 여기에서 또 100의 상처를 끌어안고, 300, 400, 500의 목표를 세우고 이루며 성장해나가죠. 목표를 이루고 싶다면 분명하고 간절한 이유가 있어야 합니다.

오늘이 마지막날이라면, 무엇을 하시겠어요?
그 '무엇'이 정말 이루고자 하는 목표일 가능성이 높습니다.

그럼 이제 그 목표를 달성해야 할 간절한 이유를 찾아보세요.

'왜'가 분명한 사람은 '어떻게든' 방법을 구한답니다.

헛스윙 없이 성공한 타자는 없습니다

독서를 시작하고 꿈을 찾으면서 목표를 정하는 것의 중요성을 깨달았습니다. 목표를 종이에 적고, 실천하고, 실패를 분석하고 다시 방법을 개선하다보니 크고 작은 성과를 경험하게 됐습니다. 하지만 수년간 어떠한 의문과 괴로움이 따라다녔습니다.

'목표를 설정하고 노력해도 왜 전부 다 이뤄지지 않고 일부만 이뤄지는가?'였습니다.

목표를 설정하지 않으면 아무것도 이뤄지지 않는 것을 알았기에, 목표를 설정했습니다. 그리고 이를 시도하는 도중에 실패를 경험하면서도 성과를 얻을 수 있었죠. 하지만 목표한 바가 100퍼센트 이뤄지지 않으니 기대와의 차이에서 오는 괴로움이 있었습니다. 이 답을 찾기 위해 몇 년간 고민하다 야구의 타율을 비유로 하는 글을 보고 깨닫게 되었습니다.

야구에서 타율이란 타자가 10번 타석에 서서 몇 번의 안타를 치는가를 말합니다. 10번 중 3번을 쳐내면 3할이지요. 3할 타자면 훌륭한 편이고 4할 정도가 되면 전설적 수준이 됩니다. 10번 중 3번을 쳐내면 훌륭한 것인데, 만약 타자가 7번을 실패했다고 배트를 휘두르지 않으면 어떻게 될까요? 아예 타석에도 서지 않으면 어떻게 될까요?

마찬가지로 우리의 삶에서 100이라는 목표를 세웠을 때 30의 결과를 얻으면 70은 실패한 것이죠. 상처가 됩니다. 그래서 좌절하고 더 목표를 낮게 세우다보면 나중엔 목표 없이 지내게 됩니다.

우리에게 필요한 것은 7번의 실패를 바라보는 것이 아니라 3번이건, 2번이건, 1번이건 '해낸 것'에 초점을 맞추는 것입니다. 제가 성장하면서 괴로웠던 것은, 그리고 당신이 그동안 괴로움을 느꼈던 것은 실패한 부분만 바라보았기 때문일지 모릅니다.

헛스윙을 하더라도 즐겁게 시도해봐야 합니다. 시도를 즐기다보면 해냄을 경험할 겁니다. 자연에서도, 씨앗을 10개 심는다고 씨앗 10개가 모두 싹트진 않습니다. 내가 심은 씨앗이 모두 싹트지 않는다고 씨앗을 전혀 심지 않으면 안 되겠지요?

얻어낸 것, 성장한 것들에 초점을 맞춥시다.
공을 치지 못할까봐 타석에 서지도 않는 경우가 너무 많습니다.
잘 치려고 하지 말고, 그냥 타석에서 휘둘러봅시다.
10번 중 3~4번만 쳐내도 성공한 타자가 됩니다!

7장

사랑

매 순간 감사한 삶이라는 선물

기부라는 '기회' 혹은 '행복'

제가 기부를 하는 이유는, 애초에 제 돈이 아니기 때문입니다. 현명하게 좋은 일에 쓰라고 '맡겨진' 돈일 뿐이지요. 소중한 생명을 돈도 내지 않고 선물받았습니다. 시력도 선물받았지요. 걸어다닐 수 있는 두 발과 손, 코, 입… 정말 많은 선물을 받았습니다. 그야말로 빚진 인생인 거지요. 그럼에도 더 갖겠다고 욕심을 부릴수록, 인생은 힘들어지게 됩니다.

기부는 '내 돈을 남에게 주는 것'이 아니라, '내게 맡겨진 돈을 필요한 곳에 보내는 것'일 뿐입니다. 감사히 남을 도울 수 있는 '기회'가 주어진 것이죠. 제가 처음 기부를 시작한 계기는 김혜자 선생님의 《꽃으로도 때리지 말라》였습니다.

고릴라가 300마리 죽었다고 하면 연일 신문과 방송에서 떠들 어대면서 하루에도 수백 명씩 죽어가는 아이들에 대해서는 침 묵하는 이상한 세상입니다.

태어나면서부터 죽음의 위험에 무방비로 노출된 채 고통과 절 망을 껴안고 사는 사람들의 가슴 아픈 사정을 차마 외면할 수 없 었습니다. 고민 끝에 찾은, 제가 할 수 있는 가장 쉽고 현실적인 방 법이 기부였습니다. 당시 저희 집에도 빚이 있었지만 우리보다 더 힘든 이를 돕고 싶었습니다. 지금도 수입의 10퍼센트는 무조건 기 부합니다.

처음 독서를 하려는 분들이 베스트셀러 위주로 잘 알려진 책부 터 접하듯, 저도 기부 초기에는 대형 NGO에 주로 기부했습니다. 나중에 알아보니 대형 NGO에서는 모금액의 70퍼센트 이상이 운 영비로 소진되더군요. 만약 우리가 NGO에서 일한다고 생각해보 면, 사무실에 출퇴근해서 여러 업무를 처리하는 데 돈이 필요하 겠죠? 그런 식으로 사무실 월세와 직원 인건비가 빠져나갑니다. 이해는 하지만 아쉽죠.

찾아본 끝에 2023년 1월 현재는 후원금 100퍼센트를 필요한 곳에 전달하는 '드림스드림'과 수퍼맨 목사의 '여리고 프로젝트'

에 기부하고 있습니다. 드림스드림은 저처럼 회사를 경영하는 대표들이 재능기부 형태로 운영하는 곳이라 인건비가 나가지 않습니다. 수퍼맨 목사님은 탈북민을 4천 명 넘게 구출한 분이고요.

어떠세요? 다른 이를 도우며, 세상을 아름답게 만드는 데 함께 할래요? (드림스드림, '착한일해요 북한'을 검색하세요.)

"부자가 재산을 자랑하더라도
그 부를 어떻게 쓰는가를 알기 전에는 칭찬하지 마라."
— 소크라테스

감사는 '삶의 호흡'입니다

너무 아파서 힘들었을 때, 삶을 포기하지 않은 것이 얼마나 다
행인지 모릅니다. 지하철에서, 운전하면서, 길을 걸어가면서도 몇
번이나 '기쁨의 눈물'을 경험하곤 합니다. 심지어는 영어훈련을
하다가도 너무 재미가 있어서 눈물을 흘린 적이 있어요. 고통을
겪지 않았더라면 이 기쁨을 미처 깨닫지 못했을 것이기에, 너무나
도 감사합니다.

I thanked for what I have,
내가 가지고 있는 것의 소중함을 느끼고,

I lived in the very moment.

매 순간을 감사히 살아냈습니다.

I realized the meaning of living in the present.

현재를 산다는 것의 의미를 깨달았습니다.

걸어가는 걸음 하나, 숨쉬는 호흡 하나, 들리는 소리 하나, 눈에 보이는 사물 하나에 감사함을 느낍니다. 우리 모두 오늘의 행복과 미래의 행복 사이의 균형을 잘 맞추면서 걸어가면 어떨까요?

김혜자 선생님이 최근에 신간을 한 권 내셨습니다.《생에 감사해》라는 책인데요. 제목에서부터 마음이 강하게 끌릴 수밖에 없었죠. 이 책에서 선생님은 말씀하십니다.

매일매일 처음 보는 것처럼 세상을 바라봐야 합니다. 우리는 인생을 너무 낭비할 때가 많습니다. 며칠을 살더라도 얼마만큼 가득 차게 사는가, 그것이 중요합니다. 삶은 선물임을 잊지 말아야 합니다.

매일, 매시간, 감사히 살아내면
삶은 곧 선물이 됩니다.

지금 삶이 고통스러우신가요?
고통이 있기에 기쁨도 느낄 수 있다는 사실을 기억하세요.

어둠이 있기에 밝음이 있습니다.
살아 있기에 고통을 느낄 수 있습니다.

눈물 흘리다

꽤 오랫동안, 울고 싶었던 때에도 눈물이 잘 나지 않아 의아했던 적이 있습니다. 힘들어서 울음이 터질 것 같다가도, 왠지 감정이 자연스럽게 표현되지 않았습니다. 그런데 어느 날 아침식사 중에 어머니가 말씀하셨습니다.

"아들, 몇 년 전만 해도 가족에게 눈도 안 마주치고, 인사도 안 하고 그랬었잖아."

그 이야기를 들으니 갑자기 옛날 생각이 나면서 울컥했습니다.

1년

2년

3년

4년

5년

6년

7년

너무 오랜 시간을 약 부작용으로 인해 완전히 망가진 몸을 살려내고, 다시 살아나는 데에 온 에너지를 집중했습니다. '나' 위주의 삶을 살아내야 했기 때문에, 남에게 신경쓸 겨를이 없었습니다. 너무나도 외로웠고, 너무나도 아팠고, 너무나도 괴로웠고, 너무나도 무서웠고, 너무나도 고독했습니다. 그때 얼마나 처절하게 싸웠는지를 떠올리는 순간,

눈물이 주르륵…

고통을 이겨낸 제가 대견했고, 뒷바라지를 해주신 부모님께 정말 감사했습니다. 그래서 그날 아침, 어머니랑 서로 껴안고 잘해냈다고 꺼이꺼이 울었습니다. 그렇게 울고 나니 가슴이 후련해지고, 기쁨, 행복 같은 것이 온전히 느껴졌습니다. 《눈물의 힘》이라는 책에서도 이렇게 말합니다.

아프면 누구의 눈치도 보지 말고 마음껏 울라. 그래야 내일을 위한 희망과 창의력이 샘솟는다. … 자신의 눈물을 인정하고 흘릴 수 있어야 타인의 눈물을 보고 들을 수 있는 힘도 생긴다.

울고 싶으신가요?
그런데 눈물을 흘릴 힘조차 없나요?

자신을 위해 울어주세요.
상처받은 나를 안아주세요.

가족이라는 힘

우리는 모두 사람이기에 많은 결점이 있습니다. 그래서 다른 이들에게 가끔씩 뜻하지 않게 상처를 주고, 서로의 가슴을 아프게 합니다. 부모가 자녀에게, 자녀가 부모에게도 마찬가지입니다. 하지만 매일매일 같이 밥을 먹고 살아가는 가족이기에, 다시 화해하고 이해하려 노력하지요. 얼마 전 가족과 밥을 먹다가, 문득 이런 생각이 들었습니다.

'우리가 가족으로 만나지 않았다면, 과연 같이 살 수 있었을까? 서로의 모든 단점을 끌어안고, 그 수많은 상처를 주고받으면서도 헤어지지 않고 계속 함께 살 수 있었을까?'

'부모님의 저 많은 단점이 나를 괴롭게 하는데, 아예 모르는 아저씨, 아주머니로 만났다면 어땠을까?'

'내가 그냥 남이었다면 나를 이렇게나 이해해주고 보살펴주실 수 있을까? 몇 년간의 투병생활 동안 극진한 간호가 필요했는데, 그런데 마음이 닫혀 있고 이기적인 나였는데, 피로 맺어진 사이가 아니었다면…'

이러한 생각들에 이르니 참 묘한 기분이 되면서 감사함이 차올랐습니다. 그래서 가족이 소중한가봅니다. 고정욱 작가의《가족은 나의 힘》이란 책은 이렇게 말합니다.

가족의 힘으로 어려움을 극복하고 자신이 하고 싶은 일을 해낸 사람들이 아주 많습니다. 가족은 늘 서로를 지켜봐주면서 서로에게 힘이 되는 사람들이랍니다.

사실 이 책은 아동서인데요. 초등학생들이 배우는 이 쉽고 간단한 사실조차 정작 어른인 우리는 종종 잊게 되는 듯합니다. 가족은 가족이라는 그 이유 하나로, 서로에게 헌신하고 힘이 되는 존재라는 사실을 잊지 말아야겠습니다.

지금 여러분의 가족을 떠올려보세요.

여러분이 가장 힘든 순간에도,

힘이 되어줄 거의 유일한 존재가 바로 가족입니다.

내가 나를 사랑한다는 것

내가 가장 자주 만나고, 제일 많이 이야기를 나누고, 아주 오래 겪어본 사람은 누구일까요? 가족도 그중에 속하겠지만, 무엇보다 '나 자신' 아닐까요?

그런데 여러분은 '나 자신'을 잘 알고 계신가요?

'당연하죠!'라고 자신하실 분은 생각보다 적을 겁니다. 왜냐면 내가 어떤 사람인지, 무엇을 좋아하고 무엇을 싫어하는지, 무엇을 잘하고 무엇을 못하는지 등등 나에 대해 궁금해하고 알아보려고 하는 사람은 거의 없거든요. 타인에 대해서는 그토록 많은 것을 궁금해하고 알고 싶어 하면서 말입니다.

생각보다 많은 사람들이 '나는 누구인가'라는 질문에 명쾌하게 대답하지 못합니다. 하지만 지금과는 다른 삶, 완전히 달라진 삶을 원한다면, 무엇보다 자기 자신을 분명히 아는 게 중요합니다. '지금의 나'를 제대로 알아야 장점은 키우고 단점은 고쳐서 '미래의 나'를 새롭게 만들 수 있으니까요.

그리고 또 한 가지 중요한 사실. 자신이 누구더라도, 설사 타인이 나를 믿지 않고 비난하더라도, 나만은 나를 사랑해야 한다는 것입니다. 이와 관련해《데일 카네기의 인간관계론》에서 공유하고 싶은 대목이 있습니다. 이 책이 제시하는 기본 원칙은 '비난하지 마라, 진심으로 칭찬하라, 상대방의 입장에 서라'입니다. 유치원에서도 배웠을 법한 쉬운 내용이지만, 정작 행하기는 어려운 지침이죠. 그런데 이렇게도 생각해볼 수 있을 것 같아요.

'자신을 비난하지 마라, 자신을 진심으로 칭찬하라. 자신의 입장에 서라.'

모두가 당신을 비난하고 믿지 않을 때에도, 자신만은 스스로를 칭찬하고 믿어주세요.
나조차도 사랑하지 않는 나를, 그 누가 믿고 사랑해줄 수 있을까요?

자신을 알고 계신가요?

자신을 사랑하고 계신가요?

그 누구보다 잘 알고 사랑해야 할 사람은,

바로 자기 자신입니다.

멘토를 만나는 과정

빠르게, 바르게 성장하려 마음먹을 때 꼭 필요한 존재가 있습니다. 바로 멘토입니다. 멘토는 나를 이끌어주는 사람이기도 하지만, 내 꿈을 향해 가는 길을 함께하는 동반자이기도 합니다. 그럼 멘토를 만나려면 어떻게 해야 할까요? 그 과정을 공유해드리려고 합니다.

1. 멘토를 찾는 것이 시작입니다. 자신의 분야를 앞서 걸어간 사람이 될 수도 있고, 분야가 다르더라도 뭔가 배울 점이 있는 사람이면 됩니다. 자신의 색깔이 있는 사람이다 싶으면, 찾아가서 만나봅니다.

2. 멘토가 되어달라고 부탁합니다. 이메일을 보내든 직접 찾아가든, 방법은 많이 있습니다. 이것조차 하지 않는 사람들이 대다수이고, 대부분은 한 번 거절당하면 다시 움직이지 않습니다. 될 때까지 하세요. 거절의 이유는 멘토가 당신에게서 매력을 못 느꼈거나, 상대에게 도움될 제안 없이 당신의 필요만을 요구했거나, 조급해서 너무 능력 차이가 큰 이에게 연락했기 때문입니다. 당신을 만나고 싶은 마음이 들게끔 자신의 내면과 외면을 가꾸세요.

3. 멘토가 당신이 믿는 자세가 되어 있는지를 시험할 때, 부족한 지혜로 멘토의 말을 해석하려고 하기보다는 우선 신뢰를 보이세요. 배우고 싶다면서 들어도 행하지 않으면 어떻게 될까요?

4. 어느 정도 미션을 수행해서 스승을 만족시켰다면 제자로 받아들여질 것입니다. 미소 짓기에는 이릅니다. 이제 정말 고난도의 미션이 시작될 테니 말입니다. 스승이 내놓는 미션은 때로 불가능하게 느껴집니다. 하지만 어떠한 변명도 필요 없습니다. 받아들이고 도전하고 해내세요.

이 과정에서 많은 실패를 경험할 것이고 많이 혼나게 될 겁니다. 거기에서 겁을 먹고 멈춰버리면, 지금까지 해온 모든 것들이 상처로 남습니다. 끝까지 해내세요. 과정의 고난을 꽃으로 피워내세요.

추신. 멘토, 즉 현재의 내 상황에 맞게 조언해줄 이를 찾지 않고 있다면, 계속 자신과 비슷한 시야를 가진 이들하고만 어울리고 있다면, 혹 이런 내용을 처음 접해서 오늘은 멘토를 찾고 있지 않더라도 반년 뒤에도 여전히 이 내용을 실천하고 있지 않다면… 당신은 본인을 성장시키려는 마음이 충분치 않은 겁니다.

공자는
"Learning without thought is labor lost;
thought without learning is perilous"라고 말했습니다.
배우지 않고 혼자 생각하면 위험하다는 뜻이죠.

멘토, 즉 한 분야의 전문가가 된 이의 지혜를 빌리지 않고,
혼자 해보려는 것은 좋지 않다는 의미입니다.

함께 성장하는 관계

이지성 작가님이 교사이던 시절 직접 학교로 찾아가 처음 만난 이후 2년간, 우리는 특별한 관계는 아니었습니다. 작가님은 단지 월 5권 남짓 되었던 저의 독서량에 자극을 주어 월 30권 정도로 끌어올려준 고마운 분 정도였죠. 그때만 해도 다른 책이나 멘토와 큰 차이가 없었습니다.

그 당시 저는 부끄럼이 심하게 많고 친화력이 좋지 않아서, 연락해서 만나자는 말을 전혀 할 줄 몰랐습니다. 이지성 작가님께 참 고마운 점이라면, 먼저 종종 부르셔서 밥을 사주시며 이런저런 이야기를 들려주셨다는 것입니다. 하지만 많은 것을 배우지는 못했습니다. 당시는 배우는 법을 잘 몰랐거든요.

그러던 어느날, 작가님이 영어를 배우고 싶다고 했습니다. 이미《꿈꾸는 다락방》으로 유명해졌지만 저는 작가님을 처음 봤을 때의 무명의 모습으로 기억하고 있었습니다. 대단하지 않은 무명 작가를 위해 일대일로 영어 수업을 해줘야 하나 고민을 꽤 했습니다. 작가님의 영어 실력은 형편없었고 특히 발음은 심각했기 때문이었죠. 당시 저는 이미 억대가 넘는 연봉을 벌고 있어서 업무량도 많아 시간을 빼기 쉽지 않았지만, 그럼에도 일단 도전하기로 했습니다. 그런데 영어를 교육하고 쉬는 시간이면, 오히려 많은 것을 배울 수 있었습니다.

제가 영어를 가르쳐드리는 시간이었지만, 쉬는 시간에는 작가님이 제게 독서와 인생에 관한 지혜를 많이 들려주셨습니다. 저는 배우는 것이 너무나도 좋았습니다. 지혜에 굶주려 있었죠. 작가님은 그 배고픔을 채워주셨어요. 수업마다 질문거리를 준비해가서 중간중간 의견을 여쭈어보았습니다. 질문이 마음에 안 드시는 날이면 혼나기 일쑤였기 때문에 항상 조심스러웠지만, 그럼에도 뭔가를 배우는 날이면 정말 하늘을 날아갈 것 같았어요. 그렇게 작가님의 1호 팬이 되었습니다.

더 많은 사람의 인정과 사랑이 필요한 분이라는 생각에 팬클럽을 만들어 회원 수 0명부터 시작했습니다. 회원을 모으는 작업은 정말이지 고되고 힘들었어요. 하지만 계속 회원을 모아나갔고 혼자 게시물을 올리며 열심히 커뮤니티를 꾸려나갔습니다. 이렇게 서로 감동을 드리고 챙김을 받으면서 관계의 성장이 이루어졌죠. '멘토-멘티'의 관계가 성장하려면 다음의 과정이 반드시 필요합니다.

1. 기브 앤드 테이크, 먼저 주어야 받을 수 있습니다.

2. 계속 관계의 선순환을 만들어야 합니다. 받았다면 감사함을 알고, 무언가를 주어야 합니다. 더 많이 얹어서 주어야 합니다. 고마움을 그만큼 표현해야 합니다.

3. 배움에 목말라야 합니다. 질문이 중요해요. 가르쳐달라고 해놓고 질문하지 않는 사람들이 정말 많습니다. 특강에서도 가만히 듣다 가는 사람들이 대다수입니다. 그래서는 얻는 것이 없어요. 질문하기가 부끄러운가요? 바보 같은 질문이라 생각되나요? 모르면서도 묻지 않고 그냥 넘어가는 일이 정말 어리석은 것이라고 생각합니다. 저는 평소에 질문거리를 메모해두었다가, 작가님을 만나면 의견을 구했습니다. 지금까지도 늘 그렇게 해요. 가까운 사이임에도 스승님이라 여전히 어

렵지만, 그럼에도 이것저것 계속 여쭈어봅니다. 스승님이 보시기에 제가 질문을 충분히 많이 했는지는 모르겠습니다. 하지만 저는 아직 저만큼 질문하는 친구를 본 적이 없습니다.

4. 준비되어 있어야 합니다. 제가 영어를 잘 가르치는 능력이 없었다면, 커뮤니티를 만들고 키워본 경험이 없었다면, 원하는 것을 얻을 때까지 기다릴 줄 아는 인내심이 없었다면, 지시받은 일을 혼자 다 해내는 독립심과 성실함이 없었다면, 스승님을 놓쳤을지도 모릅니다.

준비된 자만 스승을 얻습니다.

그리고 함께 성장하는 것이 중요합니다.
멘토에게 받은 만큼은 아니더라도,
무언가를 줄 수 있도록 노력하고 발전해야 합니다.

'내가 이런 사람들을 만나게 되다니!'

새로운 멋진 분들을 만났습니다. 기존에 출간된 책이 널리 알려지고, TV 강의와 유튜브에도 소개되면서 더 멋진 분들을 많이 만나게 되었습니다.

《육일약국 갑시다》라는 책으로도 알려지셨고 현재는 '메가스터디·엠베스트'를 경영하는 김성오 부회장님, 고졸 출신으로 연매출 1900억원의 신화를 만든 '준오헤어' 강윤선 대표님, 개그맨 출신으로 이제는 100억원의 투자를 받은 회사를 경영하는 오종철 대표님, 후원금을 100퍼센트 필요한 곳에 전달하는 귀한 NGO를 운영하는 임채종 대표님, 목숨을 걸고 탈북민을 4천 명 넘게 구출하신 수퍼맨 목사님, '데일리호텔'을 창업하고 젊은 나이에 매각해서 '영&리치'가 된 신인식 대표님, 일본 도깨비 여행으로 여행업계의 트렌드를 만들었던 '여행박사'의 신창연 대표님, '신세계그룹'을 이끄는 정용진 부회장님 등 쉽게 뵙기 힘든 분들을 많이만나고 교류하게 되었습니다.

특히 여행박사의 신창연 대표님은 만날 때마다 새로운 인맥을 소개해주시고 재미나고 유익한 정보를 많이 알려주시는 등, 경영에 미숙한 제게 큰 도움을 주셨습니다. 학원에서 수강생으로 만났던 한 메디컬기업 대표님도 제가 건강이 안 좋을 때 치료를 도와주시고, 역시 경영에 있어도 여러 가지로 많은 교육을 해주셨습니다. (이 대표님은 유명해지는 것을 그리 좋아하지 않으셔서 이름은 안 밝혔습니다.) 많은 것을 알려주시고, 저도 따라다니며 열심히 배운 덕에 성장해서 꿈같은 하루하루를 보내고 있습니다. 감사합니다.

이 글을 보시는 여러분도 잘 배우고 성장하셔서 '내가 저 사람과 일할 수 있을까?' 생각하던 그들과 즐거운 협업을 하시게 되길 응원합니다.

'내가 저 사람과 일할 수 있을까' 싶은 그분이 있으신가요?

만날 수 있습니다.

일할 수 있습니다.

If you can learn, You can do it!

오늘, 지금의 나는 행복한가요?

감사하게도 성장기에 부모님 품에서 사랑과 보호를 받고 자란 분들은 대개 행복을 느꼈을 겁니다. 이것은 일종의 수동적 행복이죠. 저는 성인이 된 후 스스로 찾고 만들어낸 행복이 있습니다. 앞에서도 이야기했지만 수년간의 투병을 마칠 때쯤 숨쉬는 것, 걷는 것, 보는 것, 듣는 것 하나하나가 너무도 감사해서 어쩔 줄 모를 정도였어요. 그러다가 사회로 복귀해 일을 시작하면서, 여러 가지 변화가 생겼습니다. 돈을 벌기 시작했고, 소중한 사람들을 만났습니다.

일이 조금씩 자리 잡히며 주위 사람들로부터 '덕분에 요즘 너무 행복해요'라는 말을 듣기 시작했습니다. 가족 이외의 다른 사람들이 나로 인해 행복해질 수 있단 생각에 너무 감사했고, 덕분에 많이 행복했습니다. 그때부터 스스로 묻곤 했습니다.

'오늘 나의 행복 지수는 몇이지?'

그 당시 100을 기준으로 95 위아래를 왔다 갔다 했습니다. '아, 나는 정말 행복한 사람이구나'라고 느꼈어요. 그러던 중 일이 많아지면서 정신이 없어졌고 행복 지수도 낮아졌는데, 그 상황을 제대로 관리하지 못했습니다. 몸 상태도 안 좋고, 일은 계속 밀려들고, 점점 더 크고 중요한 일들 앞에서 부담감은 심해져가고, 스트레스로 몸과 마음이 지쳐갔습니다.

그러다 1~2개월쯤 지나서 다시 행복 지수를 떠올렸습니다. 그때 저의 행복 지수는 50 정도였어요. 제가 균형을 놓치고 있었다는 사실을 알게 되자, 여유 시간을 무조건 늘려나가기 시작했습니다.

다시 행복 지수를 높일 수 있었던 비결은 한 템포 늦추고, 한 걸음 물러나서 관찰하는 것이었습니다. 서둔다고 일이 잘되는 게 아니라는 사실을 깨닫고, 제 인생에서 중요한 것이 무엇인지 다시 인식하며, 조급해하지 않고 여유를 가진 데 있었습니다.

'나는 오늘 행복한가?'
'지금 나는 행복한가?'

매일, 수시로 잊지 않고 물어야 할 질문이겠습니다.

"Most people are about as happy as they make up their minds
to be.
대부분의 사람들은 그들이 마음먹은 만큼 행복해질 수 있다."
- 링컨

오늘, 여러분의 행복 지수는 얼마인가요?

나로 인해 행복해지는 사람들이 늘어날 때,
나의 행복 지수도 커진답니다.

마음에 불을

이 책은 전부터 운영하던 온라인 커뮤니티에서 제본 형태로 독자님들과 소통해왔던 글들을 한데 묶은 것입니다. 저 스스로 생각과 독서를 늦게 시작하면서 필요했던, 또 꿈을 찾아내 이를 이루면서 배우고 깨달았던 내용들입니다. 같은 실수를 반복하지 않기 위해 적어왔던 일기인 셈이죠.

예전의 저 자신을 생각하며 글을 써내면 많은 분이 '어, 이거 내 이야기인데!' 하며 좋아해주셨습니다. 지금 분위기에 맞는 책인지는 모르겠습니다. 어차피 트렌드를 고려하고 쓴 글도 아니었지만요. 한 가지 분명한 것은 지금도 계속 접해오고 있는 아직 꿈을 찾지 못한 많은 분들, 그리고 이제 조금 방향을 찾기 시작한 분들에게 꼭 필요한 이야기들을 담으려고 했다는 것입니다.

처음 꿈을 찾으면서 정말 치열히 노력했고, 힘든 일들이 많이 있었습니다. 인생은 원래 힘든 것이라지만 그래도 힘들기만 했다면 버티기 어려웠을 텐데, 감사하게도 처음 꿈꿨던 많은 것들이 현실로 이루어졌습니다. 현재의 저는 하루하루 상당한 부분을 현실과 꿈의 구분 없이 지내고 있습니다. 출퇴근을 하지 않고 제가 같이하고 싶었던 이들과 제가 하고 싶은 일들을 제가 원하는 시간에 하고 있습니다. 이 책이 많은 세상 사람들과 만나면서 새로운 기회를 만들면 더 재밌는 일을 할 수도 있겠죠.

저는 《갈매기의 꿈》을 읽으면서, 제 자신과 꿈에 대해 많은 생각을 했습니다. 이 책은 다른 갈매기들의 따돌림에도 아랑곳하지 않고 자신의 꿈에 도전하는 갈매기 조나단의 삶을 토대로, 자기완성의 소중함을 알려주는 우화입니다. 우리가 단순히 먹고사는 것에만 머물지 않고 내가 할 수 있는 것, 내가 태어난 이유, 내가 사는 이유에 대해 생각하게 해주는 책이지요. 《갈매기의 꿈》에서 조나단은 말합니다.

엄마. 전 다만 공중에서 제가 무얼 할 수 있고 무얼 할 수 없는가를 알고 싶을 뿐이에요. 그게 전부예요. 전 단지 알고 싶을 뿐이에요.

그를 보면서 고민했습니다. 나는 조나단 같은 사람일까, 다른 갈매기들 같은 사람일까? 내겐 조나단 같은 꿈이 있을까? 나는 어떤 사람이 되고 싶은 걸까? 어린아이처럼 마음에 '불'을, '열정'을 가지고 아름다운 세상과 스스로에 대한 호기심을 잃지 않는다면, 안다고 착각하지 않고 꾸준히 배워갈 수 있지 않을까 싶습니다.

지금 마음이 차갑게 식어 있진 않나요?
나와 세상에 대한 호기심을 장작 삼아
마음에 불을 지펴주세요.

분명 꿈을 찾고 이루고자 하는
열정이 타오를 겁니다.

이 책을 최대한 활용하는 법

1. 눈으로 한두 번 본 것을 '안다'라고 생각하면 배움이 멈춥니다. 본 것으로 끝나는 것이 아니라, 책을 다시 읽으면서 '실천해봤더니 더 이해가 되네' '이건 다른 방식으로 해볼 수 있겠다!'라고 생각할 수 있어야 합니다. 각 개인의 성향과 상황이 다르니 응용해서 실행해보세요. 여러분이 새로운 생각과 행동을 시도하고 있다면 다시 읽을 때 다른 아이디어가 생각날 겁니다.

2. 책을 필사하면 좋습니다. 손으로 적는 것이 힘들면 타이핑해도 됩니다.

3. 책은 생각거리를 줄 뿐입니다. 무슨 생각을 하고 어떤 행동을 할지는 독자님의 역할이죠. 행동해서 여러분 인생에 적용하면 여러분만의 멋진 스토리가 생길 겁니다. 그러면 꼭 후기도 남겨주세요. 또 다른 이에게 희망이 됩니다.

이지성 작가가 이야기하는 정회일 대표

내가 초등학교 교사로 일하고 있던 시절의 일이다. 당시 나의 진짜 직업은 작가였다. 나는 하루에 서너 시간씩 자면서 글을 쓰고 있었고, 이미 책을 여러 권 출간한 상태였다.

어느 날 한 독자로부터 이메일이 왔다. 내 책인 《20대를 변화시키는 30일 플랜》을 읽었는데 깊은 감명을 받았다, 이젠 작가를 직접 만나서 가르침을 받고 싶다, 부디 허락해달라는 내용이 담겨 있었다. 나는 학교 위치와 휴대폰 번호를 가르쳐주었다.

약 일주일 뒤 그가 학교로 찾아왔다. 나는 교실을 청소하던 아이들을 하교시키고 그가 있다는 운동장으로 향했다. 그런데 운동장에는 노숙인 한 명이 있을 뿐 독자로 보이는 사람은 없었다. 나는 속으로 '이따가 저 노숙인을 학교 밖으로 내보내라는 교감의 지시가 떨어지겠군!' 이렇게 말하면서 주머니에서 휴대폰을 꺼냈다. 그런데 맙소사! 노숙인으로 생각했던 사람이 전화를 받는 것 아닌가. 잠시 후 나는 검은색 털모자를 쓰고 검은색 파카에 검은색 바지를 입은 그와 함께 국기 게양대가 설치된 조회대로 향하는 계단을 오르고 있었다. 그는 등에는 검은색 장우산을 사선으로 메고 있었고, 양손에는 넘쳐나는 내용물 때문에 지퍼가 볼썽사납게 열린 검은색 가방을 하나씩 들고 있었는데 한쪽 가방에는 책이 가득했고, 다른 쪽 가방에는 대충 구겨 넣은 얇은 담요가 있었다.

나는 그를 데리고 조회대를 지나 본관으로 들어갔다. 그리고 본관과 연결된 별관에 있는 내 교실로 향했다. 나는 담임용 의자에 앉자마자 그에게 물었다.

"오늘 날씨가 이렇게 화창한데, 겨울 복장을 하셨군요. 무슨 사연이 있으신 건지요?"

그는 차분한 얼굴로 자신의 사연을 풀기 시작했다. 알고 보니 그는 학생 때부터 앓던 아토피 때문에 의사가 처방한 스테로이드제를 복용했다. 하지만 그것이 부작용을 일으켜 온몸이 망가졌고, 그 결과 무려 7년을 방 안에서 생활했다는 것이었다. 그러다가 최근에 집 밖을 나갈 정도로는 건강이 회복되었는데 여전히 몸이 좋지 않아서 겨울옷을 입지 않고는 돌아다닐 수 없는 상태이고, 때론 햇빛 때문에 피부가 상하는 경우도 있어서 항상 우산을 가지고 다닌다는 것이었다. 그리고 가방에 담요를 넣고 다니는 건 어쩌다 한 번씩 심한 오한이 찾아올 때가 있는데, 그때를 대비하기 위해서라는 거였다. 잠시 후 우리는 어색함을 풀고 대화를 시작했다. 그리고 대화가 끝날 무렵 나는 그에게 성공 처방을 해주었다.

사실 지금 생각하면 민망하기만 하다. 당시의 나는 성남시 달동네에서 죽기 살기로 글을 쓰던, 성공한 작품이 하나도 없던, 게다가 20억 원이 넘는 아버지 사업 보증 빚을 짊어지고 있던, 세상에서 가장 비참한 무명 작가에 불과했기 때문이다. 자신도 아직 성공하지 못했으면서 타인에게 성공을 처방하다니! 그런 자신감은 도대체 어디서 비롯되었던 걸까? 아무튼 나는 그에게 성공을 처방했고, 그는 나에게 성공 처방을 받았던 그당시 어떤 20대보다 더 치열하게 그 처방을 따랐다.

내가 그에게 주었던 처방은 간단했다.

"꿈이 강남에서 성공한 영어강사라고 했죠? 그런데 해외연수는커녕 외국인과 대화 한 번 한 적 없다고, 아니 영어 실력이라고 해봐야 중고등학교 때 학교에서 배운 게 전부라고 했죠? 오늘부터 하루에 한 권씩 1년 동안 365권을 읽으세요. 그리고 다시 나를 찾아오세요. 그럼 그때 내가 당신에게 꿈을 이룰 수 있는 법을 가르쳐줄게요. 사실 강남에서 성공한 영어강사가 되는 것은 매우 쉽습니다. 내가 1년 뒤에 알려주는 방법을 따라하면 강남의 다른 영어강사들이 10년 걸려 이룰 성공을 고작 1년 만에 이룰 수 있지요. 그러니 나를 믿고 독서해주세요."

그 만남이 있은 지 정확히 1년 뒤에 그는 365권을 읽었고, 다시 나를 찾아왔다. 그리고 내가 알려준 방법을 적용해서 고작 몇 년 만에 성공한 영어강사이자 영어·독서·자기계발을 가르치는 학원의 장이 되었다. 미국 명문대를 졸업하고 강남에서 영어강사를 하는 사람들과 한국의 내로라하는 독서 강사들, 그리고 자기계발 강사들이 찾아와서 제자 되기를 청했을 정도였다.

이쯤에서 그의 이름을 밝히겠다. 이미 알아차렸겠지만, 그는 이 책의 저자 '정회일'이다.

정회일이 자기 분야에서 전설적인 명성을 막 쌓기 시작했을 무렵의 일이다. 그에게 20대 시절의 그 고통이 다시 찾아왔다. 안타깝게도 그는 다시 수년을 침대에서 보내야했다. 당시에 그가 주로 했던 기도가 "예수님, 제발 저를 하늘나라로 데려가주세요!"였으니 그가 겪었을 육체적·심적 고통이 얼마나 컸을지 짐작이 간다.

지옥 같은 투병생활을 마치고 다시 세상에 나온 그는 전혀 다른 사람이 되어 있었다. 내면이 보다 더 깊어지고 넓어졌으며, 세상과 사람들을 '사랑'의 눈으로 보고 있었다. 투병 기간 동안 벌었던 온라인 영어·독서·자기계발 강좌 수익금 전액을 해외 빈민촌 학교 짓기 프로젝트와 탈북인 구출 프로젝트에 선뜻 기부했을 정도였다.

《이제 시작해도 괜찮아》(《마음에 불을》 전면개정판)는 정회일 저자가 '1년 365 독서'를 마친 뒤 '1천 권 독서'를 거쳐 '1만 권 독서'로 가는 중에 마치 숲의 밤나무에서 알밤들이 익어 떨어지듯이 사색과 깨달음이 내면에서 저절로 익어 글이 된, 자기계발 아포리즘(aphorism)이다.

정회일은 이 아포리즘을 실천해서 스스로를 가난한 병자에서 한국 최고의 영어·독서·자기계발 전문가로, 교육 플랫폼 대표로 성장시켰고, 과거의 자신처럼 내면의 어두운 터널에서 헤매고 있는 많은 사람들을 성공의 빛으로 인도했다. 사실 그의 아포리즘 모음집은 오랫동안 언더그라운드 베스트셀러였다. 진짜 성장과 기적 같은 성공을 원하는 수많은 사람들이 그가 집에서 A4 용지로 출력하고, 문방구에서 제본한《이제 시작해도 괜찮아》를 애타게 원한 결과였다. 덕분에 그는 스프링 제본판의 제작과 판매를 전담할 팀을 따로 만들어야 했을 정도였다.

자기계발서를 많이 읽는 사람이라면 반드시 구매해서 읽었다는 전설의 언더그라운드 베스트셀러인《이제 시작해도 괜찮아》가 정식으로 출간되었다. 이쯤에서 내 작은 소망을 밝히자면 이 책이 국민 도서가 되었으면 한다. 정회일은 혹독한 가난과 아픔을 이겨내며 오로지 '어떻게 살 것인가'를 고민해왔다. 그의 진심이 담긴 이 책은 많은 사람들의 힘든 마음을 위로하고 새로운 도전과 실천을 이끌게 할 것이다. 또한 인생을 새롭게 시작하는 사람들의 마음에 성장과 성공의 불을 당기게 할 것이다.

나는 종종 정회일의 글을 읽는다. 이뿐 아니다. 그의 SNS도 팔로우하고 유튜브도 구독하고 있다. 그의 글과 영상을 접하다보면 없던 힘도 다시 생겨나기 때문이다. 이 책을 읽는 당신도 그랬으면 좋겠다. 나태해질 때마다, 지치고 힘들 때마다 《이제 시작해도 괜찮아》를 다시 손에 들고 새롭게 불타올랐으면 좋겠다. 당신의 독서를 응원한다.

2023년 3월 10일 이지성

내 속의 나를 깨우는 참 좋은 질문들
이제 시작해도 괜찮아

초판 1쇄 발행 2023년 3월 24일
초판 2쇄 발행 2024년 11월 18일

지은이 | 정회일

발행인 | 박재호
주간 | 김선경
편집팀 | 강혜진, 허지희
마케팅팀 | 김용범
총무팀 | 김명숙

디자인 | 김태수
일러스트 | 우지현
종이 | 세종페이퍼
인쇄·제본 | 한영문화사

발행처 | 차이정원
출판신고 | 제25100-2016-000043호
주소 | 서울시 마포구 양화로 156(동교동) LG 팰리스 814호
전화 | 02-334-7932 **팩스** | 02-334-7933
전자우편 | 3347932@gmail.com

ⓒ 정회일 2023

ISBN 979-11-91360-66-0 (03810)